ベッラヴィスタ氏かく愛せり

放課後の哲学談義

ルチャーノ・デ・クレシェンツォ
Luciano De Crescenzo
谷口伊兵衛 訳

JIRITSU SHOBO
而立書房

LA DISTRAZIONE
by Luciano De Crescenzo

放課後の哲学談義　目次

装幀・神田昇和

人生とは私たちが何か他のことを
話しているうちに過ぎ去る一切なのだ。

オスカー・ワイルド

第1章　バスタブ賛美

追考するのに最適の場所がこの世にあるとしたら、それはバスタブだ。暗闇で熱いお湯の中に十分ほどじっとしていて待つだけでよい。すると、気づかれずに忍び足で考えがひとりでにやってくるのだ。だから当然ながら、電話も、ラジオも、その他同種の邪魔物も近くにあってはいけない。追考には絶対の静寂が必要なのであり、これこそはわれらが主から授かったもっとも素晴らしい贈物の一つなのだ。

誰がバスタブを発明したのかは正確には分からない。けれども、これはあらゆる時代を通じてもっとも重要な発明の一つなのであり、私見ではテレビよりも優れたものなのである。周知のように、古代ローマ人はすでに公衆浴場の湯治文化を開発していた（もっとも有名なのは、ディオクレティアヌス浴場である）のだが、人びとがここにやって来たのは、追考するためというよりも、友人と出会ったり会話したりするためだったのである。だから、現代のバスタブに求められているものとは正反対だったわけだ。

騒音と並んで、バスタブにはもう一つの敵――あわただしさ――がいる。せっかちな方はどうかシャワーでも浴びて、この簡略な手引きを読み飛ばしていただきたい。バスタブでは緩慢が義務なのだ。仕事上の面会の約束、有効期限、その他の延期不能な契約が定まっていてはいけない。まず片脚、次にもう片脚を、最後に残りの部分を浸けるというように、必ずゆっくりと次第に深入りしなくてはならないのだ。ひとたびお湯に浸かったなら、どうしても目を閉じなくてはならない。厳密には、これは必要ないかもしれない。もう明かりを消しておいたからだ。とにかく、神のみぞ知るだが、まぶたを閉じると思考の流れが促進されるのだ。バスタブは五感に敵対しているかに思われる。触覚、聴覚、とりわけ、視覚に対して。想像力だけでよいのだ。いわば身体が遮断される間に、頭脳が機能し続けるのだ。まさにそのときに、神経単位《ノイロン》が活性化し、交わり、そして自分たちだけだと気づくや、互いに会話を始めるのである。

「チャオ、元気かい？」

「俺は元気だ、君は？」

「悪くはないよ。昨夜、ジェシカに会ったよ！」

「ほんとうかい？　彼女はどうだった？」

「ああ、とても素敵だった。出会ったとき百万長者の気分になり、神や世界のことを談笑したんだ。彼女が現われたのは突然だった。太陽みたいに美しかった。ところで、俺たちは昨日から何もほかのことを話していると思えないのだが。昨夜、《彼》が眠ろうとしていたときに、俺たちは彼女のことを長く考えていた。彼女が母なる自然が創ったままのヌードなのを想像していたんだ。傑作だったね！」

「よく分かったよ。でも今は話題を変えよう。悲劇的なノイロンが忍び寄っているから。君も知ってのように、こちらのノイロンは心配な未来のことしか考えない。そして、将来の見込みが暗くなればなるほど、満足するんだ。」

「うん、彼らのことは知っているし、だからできるだけ彼らを避けているんだ。彼らは人生の秘密が退屈しのぎだということをまだ悟っていないのさ。」

こんなお喋りが聞けるのは、バスタブの中でだけだし、それというのもノイロンはごく静かに話すからなのだ。実際、彼らのお喋りはつぶやきに過ぎないのだ。これを理解するには、ノイロン語を知り、沈黙していることが必要なのだ。そのときにはすべてが可能となる。みんなは好きなように年を取り、必要なお金を手にし、同胞の称賛を得、絶世の美女とも一緒になるし、しかもこれはすべてただでなのだ。信じない者は、自分でやってみるだけでよい。

第2章　退職者の身分で

レナート・カッザニーガが鏡の前に立ち、ネクタイを結ぼうとしている。何度もやり直すのだが、満足いかない。彼の課題は、ミラノのアルファロメオ副社長マリヌッチ博士がやっていたようなネクタイ結びをなし遂げることにある。たかが、結び《タイ》のことだった！　でも、何度やってみても無駄なことだった。彼がマリヌッチのようには決してできないだろうことは、先刻承知だったのだ。

「ねえ、ジェンナーロ、あれは結び《タイ》じゃない、彫刻だったんだ！」と、彼は自分を少なくとも五分間ずっと見つめていたベッラヴィスタ氏に言った。「ほんとうに完璧だった。一ミリメートルも広くなく、一ミリメートルも狭くなかったし、重なりも同じ箇所にして、両方の端がいつもぴたり同じ長さになるようにしてあった。要するに名人芸だ！　こういう結び《タイ》でわれわれみんなをひっかけてきたんだ。私は彼がひたすら自分をわれわれに見せるために会議を召集していると常々思ってきたし、われわれはぽかんとしたまま、感心してただ彼を眺め入っていただけだったんだ。そんなときに、われわれに要求された何かに、どうして反対できたりしよう？」

「でも、どうしてスカッピーノ結び《タイ》をしなかったのかい？」とベッラヴィスタが訊いた。

「ス、ス、ス、スカッピーノだって？　そんな結び方なぞ知らないよ。」

「ちょっと脇に逸れる気があるなら、お示ししよう。ナポリじゃ、みんながやっているものだよ。」

こう言いながら、ベッラヴィスタは鏡の前のカッザニーガの場所を占め、自分のネクタイを外して、友人のネクタイを首に巻いた。

「これを自分の首に結んだのは——と説明するのだった——他人の首に巻くことはできないからさ。でも、後で緩めて、あんたに返すよ。スカッピーノは英国のエドワード八世が退位した日に考案したんだ。ウィンザー公として追放されたので、彼の結び目は以後《ウィンザータイ》(Windsor tie)と呼ばれたんだ。」

「それじゃ、スカッピーノと呼ぶわけは?」

「トリーノのスカッピーノ(Scappino)というネクタイ商がこのタイをイタリアで流行させたからさ。誕生したのは北方だったのに、スカッピーノはずっと南イタリアのタイだった。ナポリじゃ、これを一重にする者もおれば、二重にする者もいる。たとえば、伊達男はスカッピーノを二重にして、しかもひどく幅広くするため、胸当てが隠れるほどだよ。」

確かだったことが一つある。それはベッラヴィスタ氏と居ると退屈することがなかったという点だ。ありふれたネクタイでさえ、彼には歴史的考察の契機になった。ところで、そこへカッザニーガ夫人がひょっこり顔を出した。

「ブオンチョルノ・プロフェッソーレ、コーヒーでもいかが?」

カッザニーガ博士の夫人はドイツ人で、そのことは彼女が口を開くやすぐさま明らかだった。イタリア語の軟らかな《g《ジー》》が《チュ》になり、短い《o》がまるで山彦みたいに無限に間延びしていったのだ。

「おお、それはありがとうございます、奥さま。でも、おかまいなく。レナートと私は外出しますので。途中で飲むことにします。」

正直に言えば、「奥さま、あなたのコーヒーはまずいですから、どこかのバルで飲みたいのです。とにかくありがとう」というところだったであろう。


ベッラヴィスタとカッザニーガは今や親友だ。識り合ったのは二十年前、停電でエレヴェーターに閉じ込められたときである。だが、それからずいぶん時が経過したにもかかわらず、ふたりの関係はかつてと同じような、つまり信頼しているが少々形式的なままだ。両人とも年金生活をしており、両人とももう七十歳を超えている。正確には、ベッラヴィスタは七十歳と二カ月、カッザニーガは先週七十五歳になった。今日、一月二十四日月曜日は、カッザニーガの年金生活初日である。アルファロメオの支払いのおかげで、彼はヴィーア・ペトラルカに、ベッラヴィスタと同じ階に居室を買うことができたのだった。だから、彼は残りの生涯をナポリで過ごす決心をしたのである。他方、彼の娘シモーナがナポリ人の歯科医と結婚したため、彼も妻もミラノに戻る理由はなかったのだ。たぶんこの決定には、ベッラヴィスタ氏も或る役割を演じていたかも知れない。彼は或る日こう言ったのだ――「ある年齢からは、生きるとは、もう一度生き直すこと、つまり青春時代に抱いたのと同じ感情を、ただし今度は、自分の子供たちの目を介してもう一度体験することを意味する」、と。

ふたりの友だちはメルジェッリーナに残り、海を眺めた。空気はすっかり澄んでいて、カプリがごく近いように見え、まるで泳いで行ける島みたいだった。

「ここはあんたの年金生活を祝うのにぴたりの場所だね」と、ベッラヴィスタは言った。

「でも、何を祝って良いか分からないね」と、カッザニーガが答えた。

「どうして？　今日は重要な日だよ。あんたもよく言ったじゃないか、『私が年金生活に入ったら、こんなこと、あんなことをしたい』って。今、とうとうその日になったんだ。おめでとう！　今や、あんたはやりたいことを何でもやれるんだ。それで、どうして満足しないのかね？」

カッザニーガは戸惑ったようで、答えなかった。それから、ベッラヴィスタと腕を組み、あまりにもきつく締めつけた。独りに放置されるのが怖いみたいに。とうとう深くため息をつき、心の内を打ち明けた。

「ジェンナーロ、今朝ひげをそっていたときも、そんなことを考えていたんだ。祝う？　何のために？　正直に言わなければならないとしたら、今日、私はオフィスに行くためならお金を払っただろうよ。そのことを私は社長からの電話で分かったんだ……。」

「……あの、マリヌッチから？」とベッラヴィスタが訊いた。

「いや、マリヌッチはもうとっくに辞めている。彼も年金生活に入ってしまったんだ。そうじゃなくて、彼の後継者ジャンニだ。私はずっと気にくわなかったんだ。彼はのっぽで痩せた若造さ。まだ五十歳にもなっていまい。ところが今、奴は突然ひどく親切になった。言葉では、私が去ったことを残念だと明言しているが、実は『やっとカッザニーガめから解放されたわい！』と考えていることは明々白々だったのだ。それから奴は私に、いつも義務を果たしてくださりありがとうございました、と言ったのだが、私としては、自分が実はやるべき義務を果たさなかったことを熟知していたものだから、馬鹿みたいに彼に感謝しておいたのだ。私は多くのことを中途半端に残してきたんだ。メルセデスのドイツ人との契約……、将来開設予定だが、計画中のままの、ブリンディシの大支社……、母親が入院しており、休暇をもう一日私に要求していたベルテッリ夫人……、要するに、大小のこまごました未処理の事柄の山が残ったのだ……ところが、今ここにメルジェッリーナの埠頭に居て、何らなすべきこともない。今朝身づくろいをしていて、考えたんだ――『上着を着用しネクタイを締めて外出することに何の意味があるのだ、オフィスに出かけるわけでもないのに』と。まるで、憲兵隊長が退役後も制服を着続けているみたいじゃないか? しかも、私は……つなぎ年金付きで……三年前に辞めることさえできたんだ。」

「つなぎ年金って? 何のことかい?」

「簡単なことさ。一種の早期引退規定だよ。三年分の年金を前支給してもらい、退職するのさ。アメリカ人はこれをBTR（Bridge to Retirement「引退へのつなぎ」）と呼んでいるが、逆にナポリ人は、これをBCV（Basta che te ne vai「去ってよろしい」）と言い直している。」

「それで、あんたがことわったのは、どうしてなの?」

「自由時間で何を始めるべきか想像がつかなかったからだ。準備していなかったんだ。だぶん、拱手傍観の仕方を教える学校……、要するに、暇人の専門学校を創設しなくてはなるまい。私はストレスか退屈かでは、あまり考えないでストレスのほうを選ぶよ。」

「でも、ちょっと待って——とベッラヴィスタは彼を励ました——結局、今日はあんたの引退初日なんだ。数週間、あんたはほかの話ばかりしていたね。実は私も十年前にまったく同じ危機に陥ったんだ。でも、時とともにそれを克服して、昔の習慣に戻っているんだ。たとえば、読み返したり、音楽にもっと耳を傾けたり、ビデオで古い映画を見たり、とりわけ、旧交を温めたりしている。でも、今は物憂い倦怠感はたくさんだ。さあ、バルにでも行って、プロセッコ・ワインでも飲もうよ。」

「うん、分かった。で、その後はどうするんだ？——とカッザニーガが言い張った——帰宅して、テレビでも観るか？　朝十一時にテレビを観るのはつらくないかい？　ねえ、ジェンナーロ、この点では女たちはわれわれよりも幸せだな。彼女らはいつも何か片づけごとがある。家事に過ぎないにせよ。それはやり甲斐のある活動だし、しかもありがたいことに、決して終わらない仕事なんだ。ところが、私は何をやってよいか分からないんだ。しかも、これでは十分でないかのように、私には恐ろしい誘惑がいろいろあるんだ。たとえば、今朝は、ベルテッリ夫人に電話して、病気のお母さんはどんな具合かを尋ねたりして……。」

「……それから彼女も電話してくる。誰かそれを邪魔するのかい？」

「それで、彼女がそれから私に語るとき、誰かが私を探していたり、私に会社の消息を報告したりする。しかも、それが先月ジャンニーニと申し合わせておいた取り決めだったりして。今さらどうしろっていうんだい？　いや、いや、電話なぞ掛けないほうがましなのだよ。」

要するに、カッザニーガは年金生活に入っているのに、依然として、頭の中にはオフィスがあるのだ。ベッラヴィスタは彼のことが分かる。彼も教えることを止めたとき、困難な時期を過ごしたのだった。もう自分が無用になった気がしたのである。《俺は余計者だ》と独り言を言っていた。この文句はよく考えると、自殺に等しい。ところが今や、彼は友人を元気づけているのだ。

「いいかい、レナート。私もあんたと同じだったんだ。でも、時とともに、新しい興味をつくりだすことを学んだんだ。たとえば、ウンベルト高校の三人の生徒に放課後教えている。自分が余計者だと思わないための一つの方法さ。生徒のひとりジャコモは秀才だ。あまり喋らないが、何も聞き逃さない。私に説明を求めるときは、いつも場を心得ている。それに対して、ほかのふたりは本当に破滅だ。ペッピーノはこれまで正しく学んだことがない。サッカーなら、何でも知っている。ここ十年のナポリのチームなら、ベンチ入りの選手の名まで空で言えるだろう。でも、レオナルド・ダ・ヴィンチが誰かと訊くと、空港だと答えやがる。それから、ジェシカのことは言うまい。彼女は衣服や、恋や、ヴィーア・デイ・ミッレをぶらつく散歩のことしか頭にない。それでも、告白するが、彼らと一緒に居ると、私には人生が素晴らしく思えてくるんだ。ところで、あんたがこれまで養老院を訪れたことがあるかどうかは知らないが、これらには、息子たちが両親の面倒を見なくてすむように老人が預けられているんだ。さて、そこで杖をつき、腰の曲がった老人たちが病気のこととか、『残念ながら、もういない』友のことしか話さないのを見ると、言いようのない憂鬱な気分になるよ。ところが逆に、少年少女たちと一緒にいて、彼らの話——たぶん、取りとめがない、無駄話——を聞くと、どうしてかは分からぬが、生きる意欲が湧き上がるし、再び若返ったかのように感じてくるのだ。」

第3章　ニーチェ

一年以上前から、ベッラヴィスタ氏は放課後に私塾を開いていた。一つには、時間をつぶすため、もう一つには、はっきり言って大したことのない年金を補うためだった。三人の生徒とも十八歳だった。二人は男性、一人は女性で、みな外見はこの年齢にしては立派というか、たいそう立派だった。男生徒はペッピーノとジャコモ、女生徒はジェシカと言った。ジェシカの〝カ〟はもちろん〝k〟だった。

　ペッピーノは入るなり、「明日は」と言ってすぐに一番上等の安楽椅子に座り込みながら続けた、「ニッチェを扱いましょう。ところで、先生、ニッチェって、どう書くのです？」

「ニッチェじゃない、ニーチェだよ」とベッラヴィスタは答えた、「五つ子音が続く。正確には、t、z、s、c、hだ。」

「あれまあ！　僕たちの先生は石頭（capatosta）だ。確かにニッチェと思い込んでいるんだもの」とペッピーノは続けた。「二〇〇〇年紀の最大の哲学者だった、と言うのです。そうかも知れないけど、僕は信じない。僕に言わせれば、偉そうな顔をしていただけなんだ。でも、僕たちの先生は二分ごとに彼のことを引き合いに出すのです」。

「よく分かるね――とベッラヴィスタは賛意を示した――ニーチェなら、決して間違う危険はない。彼はすべてのことを言ったし、すべてのことの反対をも言ったんだよ。」

生徒たちはノートを出し、ジャコモ――ジャッジャとも言った――は眼鏡を掛けて、《Nietzsche》とページの中央に大文字で書き始めた。ペッピーノはジョギングの服装をしており、身体中から汗をかいていた。明らかに、今までサッカーをやっていたらしい。逆に、ジェシカは膝の上がぼろぼろになったジーンズを履き、しかも臍《へそ》丸出しの胴着を身につけていた。ベッラヴィスタはこれを見て、少女がこんな身なりをしていては、当時の輝かしいリチェオ・ヤーコポ・サンナザーロから、登校初日に追放されただろう、と考えずにはおれなかった。彼女にとり、ニーチェはまったくどうでもよかったのであり、そのことは彼女の顔に表われていた。

「まず言っておくと――とベッラヴィスタは始めた――この世でニーチェにとり、隣人より大きな敵はいなかったんだ。おそらく、《隣人》という語は、彼には耐えられなかったものだったであろう。この《隣人》とは、バスの中であんたらの隣に座っており、臭くてたまらない人物のことだ。イエスのことを想像してごらん。それとは正反対の心をもった人のこともね。これがニーチェなのさ。」

ベッラヴィスタはこう言いながら、背中にある書架から一冊の本を取り出した。それはまさしくニーチェの伝記で、カヴァーには肖像画が描かれていた。

「でも、彼のことをよく理解するのには、生涯をよく知る必要がある――とベッラヴィスタは続けた――ニーチェはプロテスタントの牧師と、フラツィスカという、良きクリスチャンになることしか人生目標のなかった若い夫人との息子だった。この哲学者は幼時から人間嫌いだった。ほかの赤ん坊たちと一緒にならず、彼らと話したり遊んだりはしなかった。片隅にじっとしていることが好きで、そこからじっと観察しているだけだった。たしかに後には、ヴィルヘルムとグスタフというふたりの友だちを持ったが、実際はどうでもよかった。ニーチェが好んだのは、大将を演じること、言い換えると、超人を演じることだった。若い時分から、三つのこと——つまり、音楽、詩、孤独——がとりわけ気に入っていた。学校では、彼は数学を学ぶのを拒否した。」

「私だって数学は嫌い(a me fa cago)よ——とジェシカがはっきりと言った——だから、私はニーチェと似かよっていると言ってかまわないのだわ。」

「お嬢さん、そうせかないで、——とベッラヴィスタは警告した——彼の話の終わりまで聞きなさい。今さっき言ったとおり、数学を除いては、彼はどの科目もほとんどうまくいった。言い換えると、進級するのに十分なだけのことはした。ところが、彼は厄介な性格をしていたんだ。それというのも、まだ彼が五歳になったばかりのときに父親が亡くなったし、しかもすぐ後には、二歳になったばかりの弟がいたからだ。彼の人となりを分かってもらうために言っておくと、ムキウス・スカエウォラ〔ローマの英雄。エトルリア王ポルセンナ暗殺を試みて、捕えられたとき、大胆にも自分の右手を焼いた、と言われる〕みたいに、あるとき彼は煖爐《だんろ》に右手を入れ、仲間が無理矢理それを引っ込めさせるまでじっとしていたことがあったんだ。健康に関しては、たいていは酷かったんだ。絶えず頭痛に苦しめられていた。当時は鎮痛剤は発明されていなかったし、医者たちはせいぜい彼の額に氷嚢《ひょうのう》を当てがい、瀉血《しゃけつ》を行ったりすることしかできなかったんだ。」

「じゃ、ガールフレンドとはどうしていたんですか?」とペッピーノが訊いた。

「まあ、酷かったろうね——とベッラヴィスタが答えた——二十歳でもまだ童貞だったんだ。でもこのことについては、語るだけの値打ちがある逸話があるんだ。ある日、彼は大学の用務員にどこか良い食事のできるところを教えてくれるよう頼んだ。すると、飲食店の代わりに遊廓へ連れて行った。当初ニーチェはどこに来たのか分からなかったが、それから雰囲気を悟って、ピアノを弾き始め、ワルツをたどたどしく弾き、それから売春婦たちが拍手し始めるや否や、逃げ出したんだ。」

「先生——とジェシカが言葉を挟んだ——先生だって、牛乳パックとして娼家へ行ったんじゃありません？　ペッピーノがそう言っていました。」

「牛乳パックとしてだって？　若者としてという意味かい？　ああ、そんな時代もあったな、——とベッラヴィスタはため息をつきながら、空に目をやった——でもはっきりしておくけど、私は売春宿じゃなくて、ただ青春時代を愛惜しているだけなんだ。」

「それじゃ、先生も初めてそこで消印を押したんですか？」とジェシカはこれまでになく好奇心をもって迫った。

「《消印を押す》とはどういう意味か分からないけど、想像はできるよ。とにかく、ヴィーア・ナルドネス六八番、スペイン人街《クワルティエーリ・スパニョーリ》ですべては始まり、そこで私はヌードの女を初めて見たんだ。十七歳だった私は、入るために、身分証明書の生年月日をごまかさねばならなかったんだ。」

「逆に、今日じゃ何でもはるかに簡単だ——とペッピーノがくすくす笑いながらコメントした——僕たちは仲間で何でもやっているし、もっとも大事なことは、《ただで》やるということさ。たとえば、ジェシカはこれまで誰にも支払わせたことがない。」

「大声でそう言ってもかまわないわよ！――と少女は言い返した――あんたとなら、たとえ十億でもしはしないからね。」

「僕は五千リラでも支払わないよ」、とペッピーノはいっそう軽蔑して反論した。

「もういい。結論がでたね――とベッラヴィスタが割って入った――良ければ、授業を続けることにしたい。さて、話してきたように、ニーチェはやっと二十四歳のときに、バーゼル大学のギリシャ語ギリシャ文学の教職に就いたのだ。一八六九年のことだ。大学では、この若輩教師は行動というよりも言葉において、精神的不安定の徴候がだんだん顕著になっていく。ある日、彼はこう言ったんだ、『踊る星を生むためには、自分の内に混沌《カオス》を持たねばならぬ』。そして、彼がそのカオスを本当に持っていることの証明として、こう付け加えた、『人間は動物と超人とのあいだに張りわたされた一本の綱なのだ、――深淵のうえにかかる綱なのだ』（『ツァラトゥストラはこう言った（上）』岩波文庫、一八―一九頁）、と。もちろん、ニーチェが言う《深淵》とは、狂気のことなのだ。この狂気は彼にとって決して不幸ではなかったばかりか、恵みですらあった。げんに彼はたとえば、ツァラトゥストラにこう言わせているんだ――『わたしが愛するのは、没落する者として以外には生きるすべを知らない者たちである。』（同書、一九頁）」

「オーケー。分かりました――と何でも手っ取り早く解決したがるペッピーノが遮った――空想の世界に入ってしまったんだ。」

「うん、たしかに狂ったのだが、それでも彼は真の天才でもあったんだよ。彼はアポロン＝ディオニュソスの反立では、すっかりディオニュソス側に立っていたんだ。むしろ……彼は自分がこの酩酊の神の生まれ変わりだと確信していた。外見でさえ、他人とは違っていることを好んだ。頭にはバーゼルのような田舎町では目立ったに違いない、灰色のシルクハットをかぶっていたし、いつも独り歩きをしていたし、顔をいつも曇らせ、唇の上には口ひげを垂らしていたんだ……。」

「……口ひげのことだけど――とジェシカがニーチェの肖像画の載ったブックカヴァーを仲間に示しながら、話を切り替えた――こんな二つも取っ手があるのに、どうやって女性とキスできたのかしら？　息苦しくなった（s'arravogliava）はずだわ。」

「簡単さ――とジャコモが笑いながら言った――彼はキスしなかったんだ。先生が彼はいつも女性では失敗していたっておっしゃったのを聞いていなかったのかい？」

「いや、そんなことを言った覚えはない――とベッラヴィスタが訂正した――ニーチェにもスキャンダルはあったんだ。二つだけ挙げても、コジマ・ワーグナーとルー・サロメとの情事があった。」

「ああ！　やれやれだわ――とジェシカがため息をついた――さもないと私はみじめなことになったかもね。口ひげのことは忘れましょう。」

「コジマ・ワーグナーから始めると――とベッラヴィスタが続けた――音楽家フランツ・リストの娘だったんだ。ニーチェは彼女をワーグナーの妻として識《し》ったんだが、実際には彼女は当時、彼の人生の伴侶に過ぎなかった。コジマはこの変わった教授が気に入り、彼はこれを利用して、すぐにワーグナー家の常客になった。ところで、ここだけの話だが、コジマはそれほど行儀のよい人物ではなかった。むしろ正反対であって、多くの男性と何らかの関係を持っていたし、この群れの中にニーチェも加えていたんだ。」

「言い換えると、プロフェッソー、ニーチェはワーグナーをこけにして浮気したんですね——とペッピーノが要約した——正しいでしょうか、間違っていますか?」

「たぶん、そうだったろう。でも、事柄はそう簡単ではなかったんだ。ルー・サロメとはなおさらだった。」

「どういう意味です?」とジャコが訊いた。

「ルー・サロメはロシアの美少女だった。ニーチェはローマのサン・ピエトロ大聖堂で初めて彼女に会った。紹介したのは、友人の哲学者で、若いパウル・レーだった。彼女は当時二十一歳に過ぎなかったが、非常に美人で才媛だったと言われている。彼は彼女を一目見るなり、生徒みたいにすっかり惚れ込んでしまった。彼はその日にでも結婚したかったのだが、ルーは婚姻の制度によりまだかなり間があった。彼女は二人の男と一緒に幸福に満足して暮らすという素敵な夢を見た、と彼に話した。こうして、三人世帯(ménage à trois)——パウル・レー、フリードリヒ・ニーチェ、ルー・サロメ——が始まったんだ。」

「好色漢めが!」とペッピーノはそっけないコメントをした。

「むしろ、とっぴなインテリたちと言っておこう」と、ベッラヴィスタが訂正した。

「とっぴなインテリたちだ」と、ペッピーノも惑いはしなかった。

「君が言うように——とベッラヴィスタは譲歩した——たしかに三人はかつてこんなポーズの写真を撮らせたんだ。ルー・サロメは片手に鞭を持って荷馬車に座り、ニーチェとパウル・レーは馬の位置に横木に繋がれてね。」

「冗談にしても、ほどがある……」と、ジャコモがコメントした。

「それから、ある日一行はオルタ湖にハイキングした。四人一緒だった。ニーチェ、パウル・レー、ルー、ルーの母親だ。ある時点で、少女はモンテ・サクトという丘に登りたい、と言った。丘の上から湖を眺めたい、とね。彼女の母親とポールは下に居残りたがった。ふたりにはこんな登攀《とうはん》はきつ過ぎたからだ。でも、ニーチェは同伴を申し出た。さて、きっと異常なエクスカーションだったに違いない。なにしろ数年後、ルー・サロメはサクロ・モンテの上で《恋患い》に陥ったと告白しているんだからね。そしてニーチェはというと、ある手紙の中で、生涯最良の日だった、と書いていたんだ。でも、そこで実際に何が起きたのかについては、まったく知られていないんだ。」

「プロフェッソー、何が起きたと思います？　セックスしたんですよ！——とペッピーノがいつものようにコメントした——丘の上にふたりだけで、とてもほかのことは想像できない……。」

しかし、ベッラヴィスタは遮って言うのだった、「授業中だから、扱うテーマにふさわしい言葉遣いをしてもらえないかなあ。」

するとジェシカが異例にも、級友をかばって割り込んだ。

「先生、冷静になってください。ペッピーノはこういうたちなんです。少々田舎者（tamarro）なんですよ。彼はニュアンスということを知らないし、いつも物事をありのままに言うのです。」

「俺そんなにひどいことを言ったのかい？——と無邪気な顔で見回しながら抗議した——俺に言わすと、当然ふたりはセックスしたのさ。断言するよ。でなけりゃ、その日が生涯で最良だったとどうして言ったりしたんだい!?」

「まあ、ね。でもニーチェに戻ろう――とベッラヴィスタがカットした――とにかく、ルーとふたりの哲学者との共同生活は長続きしなかった。彼女がふたりにひどく異なる扱い方をしたからだ。ポールを愛人と見なし、フリードリヒを哲学者と見なしていたから、このことが両人の嫉妬をかき立てたんだ。レーはルーを《カタツムリ》と呼び、毎晩彼女と同衾《どうきん》した。逆に、ニーチェは彼女をどうしても女友だちとも、ましてや女哲学者と見なすことができないことを機会あるごとに彼女に悟らせようとした。実際、彼は異性をそう考えていたのだ。若干の例を挙げよう。『男性は戦いのために教育されなければならない。そして女性は戦士の休養のために教育されねばならない』〔上巻、一一〇頁〕とは、『男性の幸福は《われは欲する》である。女性の幸福は《かれが欲する》である。』〔上巻、一一一頁〕そしてこの古典学者の結論は、『女のところへ行くな、鞭を忘れなさるな！』〔上巻、一一二頁〕である。『ツァラトゥストラはこう言った』〔岩波文庫、氷上英廣訳、一九九五年〕の中で彼は書いている。また

「まあ、このニーチェは私にはとても我慢ならない！――とジェシカが憤慨した――こんな奴に惚れ込まれたら、おもちゃでも与えてやるわ！　まず奴の手から鞭を取り上げ、上から下まで、たっぷりと遠慮なくお見舞い（sbongolare）してやるわ。」

「自制しなさい、ジェシカ――とベッラヴィスタは叱りつけた――でも実を言うと、ニーチェは女性は友情を結ぶことができないと考えていたんだ。やはり『ツァラトゥストラはこう言った』の中で、彼は女性を猫、鳥、牝牛、せいぜい犬に比べているんだ。とどのつまり、女性はダンス、宝石、衣服以外は頭にないのだ、とね。」

「どうして？　分からないわ――とジェシカはベッラヴィスタを横目で睨みながら尋ねた――それは先生の意見ですか、それともニーチェが言ったことなんですか？」

「もちろん、ニーチェだ――とベッラヴィスタはウィンクしながら答えた――でも、私は正反対の女性観を持っている。女性がいなければ、人生はどんなにつまらないことか！　われわれ男どもが男性だけの住む世界に生きるとしたら、どれほど多くのものが失われるかを分かるためには、ちょっとふり返ってみるだけでよい。」

「おお、ありがとうございます、先生。本当にありがたいです。」

「でも、女性に関しては、ニーチェの生涯で重要な役割を果たしたもう一人の女性のことを忘れてはいけない。妹のエリザベートだ。当たり障りのない言い方をすると、彼女とルー・サロメとの間には格別好意は見られなかった。銘々が他方に対してこの上ないほど悪口を言っていたし、ひょっとして、こういう絶え間のない喧嘩が哲学者の判断力を失わせたのかも知れないんだ。とにかく、ある日ニーチェがトリーノで、散歩のために外出した。すると、御者が馬をひどく鞭打つのを見て、彼はわっと泣き出し、それからその馬の首に抱きついたのだ。その後で、馬の口にキスし、気を失って地面に倒れた。一八八九年一月三日のことだった。クンデラも言っているように、『彼はもう人間離れしてしまったんだ』。それから数日後に、母親は精神科医の助けでニーチェを病院に連れ込んだ。言い換えると、精神病院に監禁されたんだ。でも、母親としてはほかに手がなかった。息子はすっかり狂っていたし、狂気の発作を起こしていたのだから。今、私が君たちに読んであげることは、イェーナ病院の『患者日誌』（一月二十二日から七月十六日にかけての）に載っていることなのだ。」

こう言って、ベッラヴィスタはニーチェ伝を手にし、最終ページに目を走らせた。

「一八八九年一月二十二日。患者フリードリヒ・ニーチェが激しい頭痛を訴える。一月二十四日。糞まみれになっているのが見つかった。自分で身体中に塗りたくったものだった。二月二十三日。別の患者を蹴とばす。三月二十六日。朝三時に大声を張り上げて歌い、部屋中の者の目を覚ます。四月一日。夜中に二十四人の娼婦とセックスしたと言い張る。四月五日。ブーツの中に小便をし、尿を飲む。四月十八日。自分の排泄物を食べる……。」

「『自分の排泄物を食べる』とはどういうことなの？——とペッピーノは啞然として訊いた——自分の糞を食べる？　自分の糞を？」

「ここには、『自分の排泄物を食べる』と書かれている」、とベッラヴィスタが説明した。

「これはしたり！——とペッピーノがうんざりして叫んだ——奴は糞を食ったんだ！」

「先を読み続けるとしよう。六月十日、窓を破る。七月二日。コップに小便をし、尿を飲む。七月十四、十五、十六日。またしても全身糞だらけの姿で発見される。これが一九〇〇年八月二十五日まで続き、この日に、やれやれ、彼はとうとう亡くなったんだ。」

「で、この男から僕たちは何を学ぶべきなの？」とペッピーノはわが耳を疑いながら、訊くのだった。

「分かったわ——とジェシカが結論した——彼は外出していたのよ。」

「いや、屋内に居たんだ——とベッラヴィスタが説明した——精神病院の中にね。」

「うん、そのことは分かっているけれど、僕が言っているのは、彼が意識を失い、もう頭がどうかしてしまっており、完全に狂ってしまったということさ。」

「彼は重病患者だったと言っておこう。荒れ狂う患者だった。でも、彼の思想を調べてみよう。ニーチェは先にも言ったように、精神貴族だった。彼が俗物どものことについて書くとき、彼らを醜悪で、汚いものと見なしていた。弱者への同情を彼は嫌った。大多数が苦しんでいるということは、彼にはまったくどうでもよかった。その報いに超人（Übermensch）が現われさえすればね。仮に一千万人のフランス人が死のうとも、彼にとっては、ナポレオンひとりのためなら決して高い代価ではなかったのだ。だから、彼はこう付け加えている――『私は地上で二つのものをほかのすべてのものより嫌っている。キリスト教と女どもだ。』」

「彼が女性について良くは言わなかったことは、コジマ・ワーグナーやルー・サロメとの経験から分かるけど、――とジャコモがコメントした――彼がキリスト教に反感を抱いていたのはどうしてなのです？」

「彼に言わせると、宗教は奴隷たちだけにとって良いものだからだ。彼はキリスト教は大嘘だと言っている。彼によると、超人は誰にも服従すべきでない以上、神にも服従すべきではない。人に対して、隣人をわが身同様に愛せよというのは、最悪の助言でしかあり得ない。隣人と同等であれ、という観念を引き受けるようなものになろうからだ。」

第4章　天性の代理人

ナポリでは《うまく立ち回る》(fare filone)、ミラノでは《さぼる》(bigiare)、ローマでは《さぼる》(fare sega)、フィレンツェでは《さぼる》(fare forca)、ボローニャでは《脱走する》(fare fughino)、と言われており、ほとんどどこでも《学校をサボる》という言い方が存在する。学校をサボったことのない人は手を挙げてください。あれこれの理由から、私たちはみなその経験をしている。Ⅱbクラスの少女(とても魅力的だったが、とても冷たかった)と散歩するためとか、サッカーをして遊ぶためとか、そのほかたんに、その日太陽がとてもまぶしく輝いていて、退屈で灰色の教室に閉じ込められていたくないからとかの理由で。さらに、もちろん禁止されているものの魅力や、両親とか教師から見つかるかも知れないというスリルも加わっている。ジェシカにも、ちょうどこういうことが起きたのだった。友人ジアダおよびふたりの年上の少女と一緒に、彼女はサボったのである。彼女らはまず公園(Villa Comunale)に行き、ついでヴィーア・デイ・ミッレへ行って、ウィンドーショッピングをした。でも、ちょうど正午十二時に、ほんの一メートル道を外れただけで、誰かに出くわすとは？　それもビアジーニ夫人、ラテン語・ギリシャ語教師本人に。

少女たちがさながらアヴェックみたいにしっかり抱き合って散歩していると、突然この女教師が前に居たのだ。数秒間、誰も一言も発しなかった。それから、ビアジーニ夫人がふたりの少女に、来週月曜日十二時三十分に父親か代理人を連れて出頭するように要求した。そして、《代理人》という語で、ジェシカはすぐにベッラヴィスタ氏のことを思いついたのだった。

「ビアジーニは馬鹿だわ！――と彼女は言った――こんなくだらぬことで、私は落第させられるかも知れないんだから。」

「なあ、ジェシカ。君は不幸を自分で引き起こしたんだよ――とベッラヴィスタは忠告するのだった――言っておくが、君はさぼろうとしたんだろう？　よろしい！　でも、せめてリチェオから百メートルの所では散歩してはいかん！　その日ヴィーア・デイ・ミッレを通った人なら、君を見かけたことだろうよ。今、君に勧められることは、お父さんに洗いざらい話すということさ。」

「ええ。でもそうしたら、ストーブを忘れられるわ。」

「ストーブを？」

「小型オートバイ（モペット）よ。」

「どのモペット？」

「パパが私の誕生日に約束してくれたものなの。先生はパパがどんなに神経質かご存知だわね。私がさぼったとパパが知れば、私はモペットを忘れることができるばかりか、土曜日の夕方にもう外出することもなくなるわ。いえ、いえ、先生に助けてもらわなくっちゃ。何とか我慢してくださいな。あの馬鹿には、パパが重病で、腫瘍か何かに罹っていて、先生は家族の友人だ、と言うだけでいいの。それから、ビアジーニにはこう言わせるようにしてもらいたいわ、『あなたのお顔は《代理人》にぴたりですね』って。」

この最後の文言はベッラヴィスタを少々考え込ませた。《代理人の顔つきって、どのようなものなのか?》と自問した。もっと知りたいところだったが、あまり詮索するのを控えた。立派な代理人とは、若者とはもう何もやることがないように見える老人のことよ、という答えが返ってくることを恐れたのだ。

結局、ベッラヴィスタはジェシカが喜ぶようにした。ビアジーニ夫人はたいそう親切で、さぼりについてばかりか、不定過去《アオリスト》についても語った。どうやら、ジェシカはギリシャ語のこの時制がまったく分かっていないらしかった。

「先生、私としましては——とビアジーニは言った——生徒たちを卒業できるように全力を尽くします。でも、今日の生徒はたいがい何かを学ぼうという意欲がありません。私が不規則動詞について彼らに尋ねると、彼らがどう言うか、ご存知ですか?」

「いいえ。どう言うのです?」

「『それが何の役に立つの?』と言い返すのです。生徒たちは役立つ科目と役立たぬ科目を厳密に区別していて、役に立たなければ、勉強しようとはしません。英語とかコンピューターなら、脱帽して、熱心に取り掛かりますが、*μαίνομαι*（気が狂う）とか、*κλέψομαι*（盗み出す）といった不規則動詞の話を少しすると、彼らはすぐに笑いだすのです。」

「はっきり申しますと、先生——とベッラヴィスタが応じた——この問題では、どちらが正しいのか分かりません。アメリカ人は学校をまったく実用的なものにしてしまっています。専門化が呪文なのです。勉強が進むにつれて、生徒が選んだ科目に集中するために、ますます科目は狭まるのです。アメリカの両親は学校に対して、『子供を預けますから、合衆国で一番よく情報に通じた者として返してください。そうでなければ、どうしてこんなに月謝を支払ったりするもんですか?』と言っているかのようです。

ところが、私たちイタリア人は文科高等学校（liceo classico）を卒業しても、まったく何も知りませんし、厳密に言えば、ただ役立たないことを学んだだけという印象しか残りません。だって、ギリシャ語、ラテン語、歴史、哲学が実生活で何の役に立つというのです? 全然。それでも、私はわれらの主に感謝していますし、主とともに、哲学者ジョヴァンニ・ジェンティーレに対しても、文科高等学校を創設してくれたことに感謝しております。というのも、これで私にとっては、真の成熟、人がどの職業に就いても生涯ついて回る成熟に目を開かれたのですからね。」

「ありがとうございます、先生。ご立派な言葉をありがとうございます——とビアジーニ夫人は感動して答えた——先生は文科高等学校の価値をよくご存知です。そこでお願いです。ジェシカのご両親に娘さんの学校の成績をもっと厳密に見守るようおっしゃってくださいませ。彼女の成績が絶望的な場合だというのではありません。幸いなことに、そうではありません……私にはもっとはるかにひどい生徒たちもいます。でも、彼女は若者たちとあまりにもうろつき過ぎています。その上、彼女はもっと上品に自己表現することを学んでもらわねばなりません。よろしいですか、彼女の物言いを聞いていると、港湾労働者を相手にしているような気分になるのです。」

リチェオの女教師を訪問した後で、ベッラヴィスタはジェシカをマルティーリ広場でアイスクリーム屋に誘った。

「君にはふさわしくないけど——と彼は言った——今日は晴天だし、屋外に座ってもよかろう。」

ベッラヴィスタはスプモーネを、ジェシカはコーン・アイスクリームを注文した。それからベッラヴィスタは男子の級友たちとの彼女の関係を話しにかかった。

「ビアジーニ先生が口を挟んだ、問題の少年とは誰のこと？　ペッピーノかい、それともジャコモのこと？」

「ありがたいことに、ふたりではないわ。厚かましい奴で、牢獄で識り合ったの。」

「どこだって？」

「牢獄の中で。ディスコでよ。」

「で、彼はどうしたの？　まだ通学しているの？」

「いいえ、一日中、ずらかっているわ。」

「で、君は彼に惚れているのかい？」

「ばかな。ありっこないわ。ねえ、先生。あなたは私のことをきちんと知っていらっしゃらないようね。惚れるなんてことは、私にはあり得ないの。奴が本当に頭が切れるとしても、私はせいぜい色っぽくなり、一緒にベッド・インするだけよ。でも、そんなもの、一週間も持たないわ。先生が正確に知りたがろうにも、私は奴をもうはねつけてしまったところよ。」

ベッラヴィスタは一方では、ジェシカがその若者と絶交したことに安堵したが、他方では、たとえ数日間にせよ、その若者に身を任せたという事実にいささかうんざりした。何と時代が変わったことか！　自分が少年だったときには、女子の級友たちは、完全に拒絶したか、またはキスを許すとしたら、彼女らが熱狂的に恋していなくてはならなかったのである。今日では、若者たちは《今日は》と言うや否や、一緒にベッドに入るのだ。後は野となれ山となれ、だ。

「それでも、愛は大事なものだよ――とベッラヴィスタは、あたかも独り言を言うかのように、ため息をついた――誰も愛なしには生きていけないんだ。」

「馬鹿な女たちには大事かも知れないけど、私にはそうじゃないわ――とジェシカは答えながら、皮肉屋の役を演じるのを楽しんだ――私に流し目を送る牡牛を見つけても、追っ払うわ。」

「で、それからどうやって飛ぶのだい？」

「飛ぶって？」

「そう、飛ぶのさ――とベッラヴィスタは繰り返した――かつて、ある詩人が言ったんだ、『私たちは一個の翼しかない天使なのだ。飛べるとしても、誰かを抱いているときだけなのだ』ってね。」

「どういう意味なの？　一個の翼だけでは地面から起ち上がれない、ということ？」

「そうさ。」

「そんなことは馬鹿女に言うべきよ。彼女が腕と腕をからませたとしたら、ばったり倒れて死んだはずよ。いったい、その詩人は誰だったの？」

「彼の詩集を上げるよ。」

「したたかな人物に違いないわ。」

「分からないな。どういう意味かい？」

「その詩人は、翼のあるその人は、ぴったりで……長持ちする人……一人前の男で……なくっちゃ。男の人がオーケーするとき、いったいあなたはなんて言うの？」

「詩人だ、と。」

アイスクリームは食べ終わったが、ベッラヴィスタは話し止めなかった。女生徒についてもっと知りたかったのだ。

「君はもう婚約者が居るのかい？　お気に入りの者が居るのかい？」

「正直言って、誰もいないわ。でも、そんなこと、どうして言わなくって？　素敵なヤングならこれまで一杯いたわ。彼らは愚かで、見栄っ張りだったわ。サッカー、オートバイ、ナイキ、ブランドのジャンパー、その他こういう下らぬものしか考えていないわ。信じてくださるかどうか分からないけど、こんな連中とよりは、先生とお喋りするほうがましよ。私が選べるとしたら、三十歳代の人にしたいな。」

第5章　三十歳代の人

三十歳であることと、七十歳代であることとはまったく違う、とベッラヴィスタは考えた。だが、可愛いジェシカが三十歳代の人が好ましいと言ったとき、彼女は彼の目を見やったのだ。たしかにそうしたのだ。彼女は《彼の目を見やった》し、しかもまるで彼に《これまで少年たちを試したので、今度はあなたのような、ベテランの人を試したい》と言わんとしているかのようだったのだ。彼の問題は今や、いかにしてそのことを考えないようにすべきか、ということだった。なにしろ哀れな老いぼれ、化石が、それなりの言い方で言うために、当然こう自問したのだからだ——《私が何か幻想を抱いているのか、それとも彼女が何かを私に理解させたがっているのか？　今私はどうしたらよいのか？　何とも気づかなかったかのような振りをすべきなのか？　でもそんなことは、彼女が私を老いぼれと見なすときではないのか？》

今朝、ベッラヴィスタはいつものように、朝早く目覚めた。まだ六時前だった。浴室に入り、お湯のコックをひねり、浴槽が一杯になるのをじっと待った。少なくともこの十五分間何をすべきか？　よしそうだ、歯を磨くとか同種のことができたであろう。だが、問題は、魔の瞬間がくる前に、考え始めるという危険にさらされることだった。しかも、その瞬間が迫っていたのだ。湯槽があふれ、彼はライトを消し、目を閉じて、首までお湯に浸かった。追考することしかできない人の理想的な姿勢だ。昨日、ジェシカはいみじくも彼に言った。「私が選べるとしたら、三十歳代の人にしたいな」と。そして、彼は反応しないで、ただこわばったまま座っていただけであり、ごく僅かなコメントさえしようとはしなかった。けれども彼女にこう尋ねることだってできたであろう――「相手がもっと年取っていて、七十歳代だったとしたら？」そうしたら、どの年齢まで彼女が延長するつもりなのかが分かったかも知れない。

さて、まさしく彼女にこの質問をするには、新たに言いわけ、まず第一に、授業の後で部屋に居残るための言いわけをしなくてはならないであろう。しかし、それは容易なことではない。でも、今日ならたとえば、彼はマルティーリ広場のバルで彼女に長々と話した例の詩集を見つけたよ、と言えるであろう。このことを幾度も考え直していて、彼は突然恥ずかしく思うのだった。彼には弁解の余地がなかった。カッザニーガが突如娘パトリーツィアに言い寄るかのように思ったのだった。とにかく、彼本人とジェシカとでは、五十二歳の違いがあった。五十二歳であって、十歳ではさらさらないのだ！しかも彼のように、申し分のない生涯を重ねてきた人物が、突如十八歳の少女のために冷静さを失おうとしていたのだ。リチェオで数十年教えてきた校長アンツァローネ先生は、このことを何と言うだろうか？　もちろん、人が生きるのは一度限りだが、すべてのことには限りがあるし、彼自身はこの限度を、少なくとも頭の中では、超えてしまっている。それから、彼はもう少し省察し、実際上、免罪されていることを認めるのだった。ここで大事なのは、思考と行為とを区別することだった。思考と行動は別なのだ。とどのつまり、彼がこれまでやってきた一切のことは純粋の空想だったのだし、浴槽の中ではなおさらだ。だから、ことは現実ではなくて、夢だったのだ。けれども、彼は自問したのだ——ジェシカが彼に言ったのは、彼を試すためだったのか、それとも、彼が実行に移るのを本当に望んだからだったのか、と。

すっかり暗闇だった。ある時点では、彼女が湯槽の縁に座っているのを見たような気がした。彼女が彼を見つめて、笑っているように思えたのだ。

「先生、私は一杯食わしたのよ——と彼女は言った——あなたは昨日の午前、アイスクリームを食べているときに私を眺めていたのとまったく同じように、ひどくなまめかしい目で私をじろじろ見つめたわね。」

そうこうするうちに優に一週間が過ぎて、ジェシカが彼のお相手をするために朝七時に浴室に姿を現わした。一時には座って彼を眺めるだけだったが、逆に別のときには、彼女自ら浴槽に入り、彼の傍に寝そべった。

だが、今日の午後、彼は彼女をありのままに、つまり生身の本人として見つめることであろう。実際、翌日には、生徒たちは好きな哲学者たちのひとり、ベルクソンの準備をしてくるはずだ。ジャコモがそのことを電話であらかじめ知らせていたのだ。けれども、彼らと一緒にレッスンで彼女に会うだけでは、彼には十分でなかった。否むしろ、彼にとってはそれは逆に喜びというよりも苦痛だったのだ。彼としては、せめて三十分でも、彼女とふたりだけで居たかったであろう。でも、ジェシカは十分でさえ早くやって来ることは決してなかったのだ。いつも三人でやって来て、いつも三人で帰って行くのだった。だが、たぶんこのほうがましだったであろう。真実はのぞき込むよりも夢想するほうがましなのだ。彼が浴槽の中に横たわっていた間は、万事が望みどおりに過ぎるのだった。ただし厄介なのは、生の悲しい現実に直面したときだった。そして、まさにそのことを彼に思い出させたのは、生と物質との対決の哲学者、ベルクソンだったのである。

第6章　ベルクソン

最初に、ジャコモが書物を携えてベッラヴィスタの仕事部屋に入り、その後からペッピーノがもちろんジャージ姿で、そして最後にジェシカが入って来た。少女はおよそ想像できるように、昨日よりもっとセクシーだった。ジェシカが上着を脱ぐと、淡緑の、きっちりしたTシャツ姿が現われ、それがぴたりと彼女の胸に密着していたため、その下の乳首がはっきりと見て取れるほどだった。さらに、これでは十分ではないかのように、彼女はやはり超ミニのショーツを身につけていて、もう一センチメートルくい込んでいれば、恥部に届きそうだった。

ベッラヴィスタはとっさにドメニコ・モレッリの『聖アントニオスの誘惑』と題する絵（一八七八年）のことが頭に浮かんだ〔訳注—クレシェンツォ（谷口／ピアッザ訳）『物語中世哲学史』（而立書房、二〇〇二年）、四七頁参照〕。この絵では、聖者は洞窟の片隅で、顔を上に向け、目で天に助けを乞うている。彼の傍では、むしろ下から二人の裸の女性が現われている。悪魔が彼女らを遣わして、彼を誘惑しようとしたのだ。ところで、彼ベッラヴィスタは今、まさしく聖アントニオスと類似した状況にいたのだ。ただ、ここでは彼女ジェシカが絨毯の下からちらっと顔を出していただけなのだ。

「このベルクソンは本当につまらなかったの？」と少女は訊きながら、書物の包みをソファーの上にポンと投げ出した。

「君は彼が退屈だったと思うのかい？　いや、まったく反対だ――と聖アントニオス、つまりベッラヴィスタが答えた――しかも、彼は君の気に入ったはずだよ。つまり、彼は理性と本能の間で、いつも本能を選んでいたのだよ。」

「オーケー――とジェシカは満足して言った――でも念を押しておくけど、五時半には私は会う約束があるわ。」

こうして、もしかしてレッスンの後で懇談の可能性があるかも、とのベッラヴィスタの期待も消え去った。ベッラヴィスタは何ごとにも気づかない振りをしようとして、この哲学者の生涯から始めるのだった。

「アンリ・ベルクソンは十九世紀の中葉にパリで生まれたんだ。批評家たちは、彼がここ二百年間で最大のフランス思想家だと言っている。彼は輝かしい学問的経歴を歩んだし、一九〇〇年以来、パリのコレージュ・ド・フランス教授、そして一九一四年からはアカデミー・フランセーズの会員だった。とりわけ、一九二七年にはノーベル賞を受賞した。彼の思想全体は本質的には、二項的な考え方にあった……。」

「二項的って、何のこと？――とペッピーノが尋ねた――鉄道のレールみたいということ？」

「いや、そうじゃない。鉄道とは無関係だ。二項的とは、二元的ということだよ。ベルクソンは何を考えるに当たっても、いつもつなぎ合った問答から進めていたんだ。イエス、ノー。イエス、ノー。

イエス、ノー、といった具合にだ。分かったかい?」

「いいえ」と、ペッピーノとジェシカが唱和して叫んだ。

「よろしい。それじゃ、一例を挙げて説明しよう――とベッラヴィスタは我慢強く答えた――ベルクソンは現実の二領域、つまり、生と物質とを区別しているんだ。君らはこれら二つの現実のどちらに属すると思うのかい?」

「私は生に属しているけど、ほかの者はみな物質に属しているわ――とジェシカは自信たっぷりに答えた――とくに男性はみな、多かれ少なかれ、物質主義者だわ。彼らはただ一つのことしか考えていない。彼らを識るほど、私はムカムカするわ!」

「いや、いや――とベッラヴィスタが訂正した――君の理解は間違っているよ。物質はたんに生命のない、心のない物だけから成っている。逆に、人間は生物としての限りでは、生の領域に属する。でも、順序に従うことにしよう。ベルクソンによると、宇宙全体は生と物質との絶えざる葛藤から成っている。さて、生は上昇に向かっているが、物質は下降する傾向がある。それだから、遅かれ早かれ、両者はいつも衝突するに決まっている。そして、この衝突から、ベルクソンによると、物質も生も変えられるというのだ。分かったかい?」

「いいえ」と、ペッピーノとジェシカがまたしても唱和して答えた。

「いいかげんにしろ!――とベッラヴィスタはしびれを切らして言った――君らはダーウィンの進化論を学んだだろう? よろしい。ベルクソンはもう一歩を進めたんだ。彼によると、人間は自然に適合しなければならないだけではなく、逆に自然も人間を考慮しなくてはならない。だから、こうして円は閉じるし、私たちは当初の区別、生と物質との区分に戻ることになる。ベルクソンにとっては、生は植物と動物とに区別されるのであり、彼は人間も後者（動物）に数えている。ところで、彼は動物を今度は二つの大グループに分けている。一方では、知性に支配されるグループ、他方では本能に支配されるグループとにだ。」

「私の間違いかも知れないけど――とジェシカが訊いた――本能の人は知性の人よりもクールじゃないかしら？」

ベッラヴィスタは聞こえない振りをして、先に進んだ。

「ベルクソンの時間概念に移ろう。ここでも彼は《物質の時間》と《生の時間》とを区別しているんだ。《物質の時間》はみんなに平等だが、《生の時間》は個々人にまちまちなのである。決め手は、人が特定の瞬間に何をするかにかかっている。この後者の時間をベルクソンは《持続》と呼んでいる。さて、もっとはっきり言うと、この持続は時計とかカレンダーとかでは測れなくて、心の状態だけで測定される。もっと簡単な言い方をすると、時間そのものが重要ではなくて、人がどうやって時間を過ごすかが大切なのだ。一例を挙げよう。小型バイクに乗っていて信号を前にし、赤が青になるのを待つとする。赤信号を眺めている間は何も起こらない。逆に、買ったばかりの「コリエーレ・デッロ・スポルト」紙の見出しに目を走らせるなら、信号は急に青になるものだ、と確認するだろう。要するに、人が時間を歯医者で過ごすのと、時間を熱愛とともに過ごすのとでは大違いなのだ。後者の場合、人は時間が飛び去ったみたいだ、というのも偶然ではないのだ。」

「というと、私がどんなパートナーと一緒に居るかで、時間の経過は変わるということ？」とジェシカは訊いた。

「もちろん、そうさ。」

「それじゃ、たとえば――と少女は続けた――まず私がヴィラ・コムナーレ（公園）で或る友人と愛撫（imbroscinarsi）してから、先生の家にやって来て、あなたを少し刺激する。その後で、時間が飛んだように思えたかどうかで、ふたりのうちの誰――先生か、公園の友人か――が私により多く充実を与えるかを見破る（sgamare）ことができる。そういうことでしょう？　それとも……？」

ベッラヴィスタは何と答えてよいか分からなかった。でも、ジェシカがベルクソンの時間概念を非常によく理解したことは否定すべくもなかった。残念なことに彼のほうは逆に、ジェシカが本当に欲しているいることがよく分からなかった。とにかく、真相は一目瞭然だった。ジェシカは自分が彼の気に入っていることに気づいており、彼を挑発して楽しんでいたのだった。

ベッラヴィスタはまごつきながらも、レッスンを続行した。ちょうどそのとき、妻が突然ドア越しに顔をのぞかせた。

「ジェンナーロ――と彼女は言った――薬局に行ってくるわ。どの薬を買ってくるんだっけ？　糖尿病用のグルコファーゲと、血圧のためのカルドゥーラだったかしら？」

「何を言っているんだ？　俺は糖尿病なんか患ってはいないぞ。高血糖症用の薬を少し……。とにかく、今私たちはレッスンをやっているところだぞ、分かったか!?」

彼が言いたかったのは、《いったい、どうしようというのだ！　若者たちの前で俺の病気の話をする気か？　俺の立場はどうなるんだ？　持病だらけの老人と思わせたいのか！》ということだったろう。けれども、彼の妻はたぶん彼のことを分かってはいなかったのだろう。彼女にとって、プライヴァシーは無意味な言葉だったのだ。だから、成り行きに任せて、レッスンを再開するほうがましだったのだ。

「今度は、ベルクソンのもっとも奇妙な本『笑』（林達夫訳、岩波文庫、一九五一年）に移ろう。」

「笑いだって？――とジャコモがびっくりして訊いた――本気で？　どうしてベルクソンは滑稽なことにもかかわったりしたんです！」

「私が言ったのは、《笑い》であって、《滑稽なこと》じゃない――とベッラヴィスタが言い直した――ベルクソンはなぜ人間は笑うのかを自問して、その理由を一つずつすべて批判にかけているんだ。君らもみな、これまで笑ったことはあるはずだ。でも君らは《なぜ自分は今そもそも笑ったのか？》とこれまで自問したことはあるかい？」

「ジャッジャは笑ったことがないよ――とペッピーノがいたずらっぽく言葉をはさんだ――僕がおどけた冗談を話してやっても、にこりともしない。でも、ジェシカはすばやくくいつく。話がいかすほど、ますますはしゃぐ。要するに、彼女はそれに向いているんだ。ところが、ジャッジャは誰かに悪印象を持たせるのが怖くて、笑わないようにしているんだ。彼はいつもクラスで一番でいたがっているし、もし先生たちから彼が笑うのを見られると、悪い点をつけられると確信しているんだ。」

「くだらない！――とジャコモが抗議した――君の笑い話なぞ、誰が笑うもんか！　つまらない駄じゃれの積み重ねじゃないか……。」

「まあ、いいよ、ジャコモ。でも、ペッピーノの言っていることにも少し真実味はあるんだ――とベッラヴィスタが反応した——ここで私たちは、過去の多くの著名人たちが取り組んだ問題に出くわしているんだよ。たとえば、偉大なアナクサゴラスは政治家ペリクレスに、いかなるときでもアルコールを避けるよう忠告していた。『ブドウ酒を飲むと、ペリクレスよ、——と彼は言ったのだ——君は酔っ払うだろうし、酔っ払ったら、君は笑い出すだろう。そのとき、君の国民たちが君の陽気なのを見ると、君のことを怖がらなくなるだろうし、君は権力を失うだろうよ』。

また、デモクリトスが同時代人たちから軽んじられたのは、彼がかなりしばしば笑ったに違いないからなのだ。彼については、こう言われていたんだ——『ああ、あの男は住民が誰でも笑いっぱなしの町アブデラの生まれだ』と。要するに、笑いは笑う人を失格させるのだ。喜劇役者トトーや、作家カンパニーレとかフラヤーノが再評価されたのは死んでからだったのも偶然ではないのだ。ちなみに言っておくと、どうも批評家たちは生きている者よりも死んだ芸術家のほうがお好きのようだね。とにかく、ベルクソンに戻るとしよう。この哲学者が言うには、人が笑う理由はいろいろあるのだが、第一には仮装、不格好、人間的であること、距たり、共犯性、予見不能性がある。」

「すみません、先生。その最後の理由がよく分かりません——とジャコモが遮って、絶えずメモしていたノートからちょっと見上げた——たしか、予見不能性とおっしゃいましたね？」

「そう、そのとおり——とベッラヴィスタが確認した——でも、今日日《きょうび》、私たちはそれを『失敗、不運、故障』と呼んでいる。それはテレビでは大成功を収めているよ。でも、第一回分を書いたのは、西暦紀元前七世紀の哲学者、ミレトスのタレスだったんだ。彼は散歩しながら星を眺めていて、水溜まりに気づかずに、その中にはまり込んだ。予見不能性とは、まったく予期しないときに、ついていない人に振りかかることなのさ。たとえば、突然開いたドアが、ちょうどそのとき入ろうとした人の顔にぶつかると、私たちはみな笑う。もちろん、ベルクソンは一連の《へま》を見ていたのではないのだが、ユーモアが隣人への同情とは無縁な特性だということを直感していたのだ。ドアに顔をぶつけて鼻血を流すことは、それがかきたてるびっくり仰天に比べると、あまりたいしたことではないのだ。」

「昨日、僕は見ました——とペッピーノが語った——カッザニーガ夫人が階段から落下するのを。彼女は買物をして、ミカンで一杯のバッグを持っていました。そのバッグが手から離れて、ミカンが二、三個ずつ一階に散らばったんです。僕はそれらを掻き集めるのを手伝ったのだけど、内心では吹き出していたんです。ああ、笑いについてだけど、ご存知のように、カッザニーガ夫人はショーツじゃなく、半ズボンを履いていたんです。ドイツ人みたいに。」

「それじゃ、不格好と人間的であることに移ろう——とベッラヴィスタは平然として続けた——どうしてか、不格好なものは笑いをかき立てるものだね。せむし、小人、でぶ、ぴんと突き出た耳、でっかい鼻、とかを見て人は笑う。たとえば、風刺漫画家たちが政治家の肖像画を描くとき、こういう細部をいつも活用している。だが、重要なことは、笑いの対象はたとえ不格好なものであっても、人間的であるということだ。ベルクソンは言っている、『景色はきれいだとか、優美だとか、崇高だとか、つまらないとか、あるいは汚いとかいうことはあるだろう。が決しておかしいということはないであろう。……人は帽子を笑うことがある。けれどもそのとき人が嘲弄《ちょうろう》するのはフェルトとか麦藁《むぎわら》とかの品質などではなくて、人びとがそれに与えた形であり、帽子に型を与えた人間的気まぐれである。』

〔岩波文庫、一九五一年、一三頁〕 たとえば、犬を例にとってみよう。犬が犬として行動する限り、誰も笑いはしないが、その飼い主が少しでもその犬のまねをやりだすと、ただちに滑稽になる。たとえば、ちょっと犬の吠え方をしてみせるとか、赤ん坊が叱られたみたいに、悲しい顔つきをしたりすると、きっと人びとは彼を笑うだろう。だから、私たちを笑わせるのは犬における人間的なものなのであって、犬としての性質なのではないのだ。」

「先生のおっしゃるとおりよ――とジェシカは同意した――私の犬はウィンニーというんだけど、ビーグル犬で、チャーリー・ブラウンの犬スヌーピーみたいよ。先生、スヌーピーってご存知？」

「いや。」

「じゃ、ウィンニーの話をするけど、まるで人間そっくりね。私が犬に私のことを何でも――私の大罪でさえ――話すと、話せないのに、目で答えてくれるわ。ときには私を赦してくれるけど、時には赦してくれないの。」

ベッラヴィスタは、大罪が何なのかを訊きたかったのだが、自制してレッスンを続けた。

「笑いのもう一つの動機はベルクソンによると、距たりだ。いかなる同情にもとらわれないためには、笑う人は笑いの対象から距たっていると感じる必要がある。一例を挙げよう。今晩私がどこか食事に招かれて、寝取られ亭主について冗談を言うとする。すると、最近夫婦上の問題を抱えている者を除き、みな笑うだろう。」

「まったく、そのとおりだ――とペッピーノが叫んだ――僕たちのクラスにも、カポーネというのが居て、彼が女の友人に裏切られたことをみんな知っているんだ。でも、彼だけは知らないのさ。だから、カポーネがクラスに入ってくると、僕たちはこう考えずにはおれない――『ほら、寝取られ男の哀れなカポーネが来た』って。それから、みんなおかしいのをかみ殺すことになる。してみると、ベルクソンはまったく正しかったんだ。誰かが寝取られるほど、楽しいことはないんだもの。」

「いや、ペッピーノ。君はやっぱり何もわかっちゃいないな――とベッラヴィスタは頭を横に振りながら言った――ベルクソンは寝取られ男のことではなくて、人がその寝取られ男と保たねばならぬ距たりのことを問題にしているんだよ。でも、今度は共犯性のことを話すことにしよう。仮にこの瞬間、ここにロベルト・ベニーニが入って来たなら、私たちはみな、たとえ彼が格別おかしなことをやらなくても、笑いだすだろう。なぜか？ 私たちが笑うのは、彼が今行っていることに対してではなくて、彼が過去にやったことに対してなのだ。言い換えると、ベニーニと私たちとの間にはここ数年来、一種の共犯性が生じていて、これが、彼を見るたびに私たちを笑わせるのだ。ある晩、私はかつてベルガモで、二、三人の友だちと一緒にレストランで食事していた。隣のテーブルには、白髪の老人が居て、大声で何やら喋っていた。彼の周りの一群の人びとがほとんど笑いをこらえきれずにいた。そこで、私はその老人が喋っていることを聞こうとして、驚いたのだが、彼は別に何も楽しいことを語ってはいなかったのだ。そのとき、私は自問した――『どうして彼らは笑ってばかりいるのかしら？ ひょっとして馬鹿じゃあるまいか？』と。そして、出てきた答えはこうだった――『いえ、いえ。彼らは馬鹿じゃない。彼らはずっと以前からの識り合いに過ぎないだけなんだ』と。要するに、彼らが笑っていたのは、この白髪の老人が今語ったことに対してなのではなくて、この老人が過去に語っていた冗談に対してだったのだ。言い換えると、このグループの間には共犯性が出来上がっていたわけだ。」

「僕の理解が正しければ――とジャコモが言った――他人と一緒に笑えるためには、同じグループに属している必要があるのですね。たとえば、僕の例だと、ミラノの喜劇役者を見ると笑わずにおれないけれど、ナポリの喜劇役者をみてもそうはならない。僕には、トトー以上に笑わせてくれる者は誰もいないんです。」

「君は完全に理解したね――とベッラヴィスタは賛意を示した――笑いであれ泣きであれ、感情表現にあっては、あるグループへの帰属が根本的に重要なんだ。ベルクソンが語っているところによると、ある日教会で肺炎で亡くなった幼児の葬儀の間、出席者は全員目に涙を浮かべていたが、ひとりだけまったく無感動のままだった。それで、ある人がその男になぜ泣かなかったのかを尋ねた。すると、その男は低い声で答えた――『私はこの教区の者ではありません』〔岩波文庫、一六頁〕と。だから、ミラノの喜劇役者がナポリの喜劇役者と同じように君を笑わせることは決してできまい。ほかの《教区》に属しているのだからね。」

「私たちのところじゃ――とジェシカが突然立ち上がって言った――それをギャングと言っているわ。私のギャングに属していれば、あんたはオーケー。そうでなければ、知ったこっちゃない。でも、今やっと結論が出たわ。ほかのお説教については今度にしましょうよ。」

生徒たちは帰って行った。ベッラヴィスタがドアを閉めようとすると、突然ジェシカが叫ぶのが聞こえた。

「携帯を忘れた！」

少女はもう一度階段を駆け上がり、急いで部屋に入り、テーブルの上に置いてあった携帯電話を取った。ベッラヴィスタはこの機会を利用して、ジェシカの腕を掴んだ。

「君に本のプレゼントをしたいんだが――と彼は言った――この前約束しておいた詩集さ。ちょっと待っていて。持ってくるから。」

「今はだめよ。急いでいるから――と彼女は答えた――明日の朝早く電話するわ。それから私に貸して。何ならもう一度、マルティーリ広場でアイスクリームを食べることにしてもいいわ。」

そういうなり、彼女は彼の頬に、というよりもむしろ、唇の端にキスしてから、姿を消したのだった。

第7章　下宿部屋のない男

状況はエスカレートした。今やベッラヴィスタは浴槽に入るや、ジェシカのことを考えずにはおれなかった。明かりを消す間もなく、もう彼女がますます美しくなって前に立っているのが見えた。ちょっと彼の立場に身を置いてみよう。ああいう出来事の後で、どうして彼女のことを思わずにおれよう？一昨日までは、彼女は多かれ少なかれ意地悪なメッセージを彼に寄こすだけに止めていた。ところが昨日は、彼に正真正銘のキスを頬に、いや正確には、口の端にしたのだ。女生徒が教師にキスするとは、彼の三十一年間の教育で、一度もなかったことだった。

「さあ、どうしよう？」——と彼は考え込んだ——すべてのことをカッザニーガに打ち明けるべきか？滅相もない、あの男が私を理解してくれるはずがない。彼はミラノ人だし、しかも元マネージャー、会社員だし、生真面目そのものときている。すぐに私の年齢のことを問題にし、それにもちろん彼女のそれも問題にして、最後には私にお説教を垂れることだろう。」

しかも、カッザニーガは少々盲信家だった。彼なら、毎日曜日の朝、ミサに行くほうがましだろう。すべてのことをドイツ人の妻に話すだろうし、すると彼女はまた、二分後に、マリーア夫人に委細をすべて報告するだろう。これで、お終いとなろう。ふたりの夫人とも、数年前に共通のブリッジ熱で親友になっていたのだ。ひねもす一緒にカード遊びをしたり、お喋りをして過ごしていたのだ。

だから、実際問題は精神集中するほうがましだった。たとえば、ジェシカとふたりだけでずっと時間を過ごし、その結果、彼女が自分とより密接な関係になる用意があると判明したら、どういうことになるのか？　自分の仕事部屋は避けねばならぬ。いつでも妻が出入りするかも知れない。彼女の家では不可能だったし、どこか公道ではとても考えられなかった。もう何かを大っぴらにやらかす年ではなかったのだ。他方、彼には下宿部屋はなかったし、彼女を連れ回すための車も持っていなかった。二十年以来、車はなかったし、第一に、運転の試験を受け直さねばならなくなるだろう。考えても見ろ！

可能な解決策としては、誰か友人に、小一時間部屋を貸してもらうことぐらいだった。でも……翌日に吹聴して歩くような友人では駄目だ。彼の頭に浮かんだ唯一の人物は、かつて彼のもっとも忠実な生徒だった、道路清掃員サヴェーリオだった。ああ、自分が地区のソクラテスだったあの素晴らしい時代には、自分の言葉にじっと耳を傾けた忠実な若者たち――ルイジーノ、サルヴァトーレ、ドン・アルマンド、パッサラクワ博士、そしてサヴェーリオ！――が居たものだ。そのことを考え込むにつれて、サヴェーリオこそ自分の目的に最適だと確信するのだった。彼はサンタ・マリーア・イン・ポルティコ教会の付近の中二階に独り住まいをしており、男やもめだし、親戚もいない。彼が働いている間は、部屋は完全に空いている。

かつて、彼はこのサヴェーリオの家に行ったことがある……何年も前に……クリスマスの前に、サルヴァトーレと一緒に、プレゼピオをみるためだった。寝室、シャワー室とキッチンだけだったのを憶えている。かなり狭いが、しばらく邪魔されずに過ごすには十分だった。たぶん、何事も起きはしまいが、せめて一回だけ念頭から雑念を追い払うことができよう。

だんだんと浴槽のお湯が冷たくなりだした。彼は出ざるを得なかった。

第8章　理想の女性

ベッラヴィスタは家を後にして、朝刊「イル・マッティーノ」を買い、《賃貸し》の欄に素早く目を通し、彼にはふさわしいと思われる広告を見つけた。賃貸したし。四十平米の小部屋。キアイアのベッレドンネ路地。安価。もちろん、路地（Vicolo）という名称は方向づけなのだが、その上、ウンベルト高等学校からほとんど隔たっていない。でも、このアパートは経済的かもしれないが、月額五十万リラはとにかく見積もらざるを得ないし、この金額は月額二百五十万の年金生活者の彼にはとても許されなかった。それに、話がまだ始まってもいない時点で、賃貸料の契約で縛られるのは、いささか性急に思われた。けれども、ちょっと電話で値段を確かめることぐらいは、してもかまうまい。

「おはようございます、プロフェッソー——とサルヴァトーレが近づきながら挨拶した——私は面白い記事を読みましたよ。自宅拘禁されている犯罪者はみな間もなく電気足枷をつけなくてはならなくなるのです。どうしてこれが面白いかって？　簡単なことでさ。こんなばかげた発明品は私人にも売りつけるべきでしょう。たとえば、誰かがベター・ハーフの行状に関して何か疑いを抱くとします。彼はどうします？　彼女に足枷をはめれば、毎晩安心して外出できますよ。もちろん、こんなことは私個人のために言っているのではありません。私の妻ラケリーナはご存知のように、いわゆるすごい美人というわけでは決してありません。むしろ、ナポリにいる女でいかなる誘惑をも超越しているとしたら、まさに私の女房です。いや、幸せであれ、不幸であれ——これはどういう観方に立つかにもよりますが——はるかに魅力的な妻を持ったあらゆる亭主のために、こんなことを言っているのです。たとえば、三階のサンタナスタージオ夫人ですが、彼女は夫が外出して五分も経たない内に、自分も出かけます……。」

「……うん、いや、これはまさにモダンなやり方かもしれない——とベッラヴィスタは遮った——それは過激派に提案してみては。むしろ、エンマ・ボニーノ〔イタリアのラディカルな政党の幹部候補の女性〕と話したほうがましだね。彼女なら満足するかもしれない。ところで、過激派に関してだけど、サヴェーリオには会ったかい？」

「ええ、彼なら守衛室でルイジーノやパッサラクワ博士と談笑していますよ。」

ところで、事情に通じていない方のために言っておくと、サヴェーリオは先ほどの選挙で過激派のために走り使いしてきたのだ。過激派政党の創設者の一人パンネッラに彼は共感しており、そのため、ここ一カ月間投票を促すために精力的に動いてきたのである。

ベッラヴィスタはすぐさま守衛室に入った。彼に続いて、詩人のルイジーノも入った。

「プロフェッソー、私の新詩集を披露させてください。」

Valeria mia, Valeria, io te vurria abbracciare,

Volano l'aucielle mmiez'o mare
e volano 'e penziere mieie attuorno a te.
ヴァレーリア、僕のヴァレーリアよ、君を抱きたいよ。
鳥たちが海の上を旋回している、
僕の思いも君の周りを旋回しているのだ。

「ヴァレーリアって、誰のこと？」とベッラヴィスタが訊いた。

「ヴァレーリアが誰だって？――とルイジーノが憤慨して答えた――先生、あなたにはびっくりさせられますな。古典的な美を体現してる女性の典型、ヴァレーリア・マリーニのことですよ。今日日《きょうび》ファッションショーの花道を歩くのが見られるような、コチコチのものじゃありません。あんなのは私にはもう真の女性じゃない！」

「そんなに簡単なことじゃないんだ。結局は人が頭の中にある女性の理想に判断はかかっているのだよ――と先生は説明した――ほら、カッザニーガ博士がやってくるぞ。彼の考えも聞いてみようよ。」

実際、カッザニーガが入ってくるところだった。あたりに挨拶してから尋ねた。

「何の話をなさっていたのです？」

「女性の美についてですよ、ドットーレ――とサルヴァトーレが答えた――あなたのお考えでは、女性はどうあるべきでしょうか？　背が高いか低いか、痩せているか太っているか、おっぱいが大きいか小さいか？」

「でもみなさん方――とカッザニーガが受け流した――この分野じゃ、私はもうエキスパートではありません。それに、歌でも言われているじゃありませんか？　《それには私はもうふさわしい年齢じゃない》ってね。でもここには、ルイジーノのような文芸愛好家や、とりわけ、ベッラヴィスタ先生のようなプラトン研究家もいらっしゃる。そう、彼なら理想的な美について私たちに何でも語ってくれるでしょう。」

「それじゃ、プロフェッソー。おっしゃってくださいな――とサルヴァトーレがせがんだ――プラトンはおっぱいのでかい女性がお気に入りだったんですかね？」

「実は――とベッラヴィスタが答えた――プラトンはそういう細部には触れていないんです。彼が説明していたのは、女性に多かれ少なかれ似つかわしい美の理想像が存在するということだけです。それから、この類似度に応じて、美を美しいか醜いかと見ているのです。これがすべてですよ。残念ながら、時代の経過とともに、プラトンのモデルはひどく変化した。それはもはやギリシャ彫刻とかルネサンス絵画ではないのです。フィディアスとかティツィアーノはアルマーニやヴァレンティノに取って代わった。まだ女神ユノ（ヘラ）が生きていたとしたら、とっくにビューティ・センターでエステティックの脂肪質除去を行っていたでしょう。今日日《きょうび》、理想的な女性はイグサみたいにほっそりしており、少なくとも一メートル八〇センチメートルの背丈がなくてはなりません。気に入ろうが入るまいが、今じゃこれが実態なんです。」

「わかりました。そのことはもうはっきりしました。でも、私たちには、ベッラヴィスタ先生にお気に入りの理想的な女性はどういうものなのかを知りたいものですね。」

「正直言って、私には分かりません――とベッラヴィスタはしばらく考えた後で答えた――私にはこれは形姿の問題というよりも、年齢の問題ではないかという疑いがあるのです。どの女性も、若いときには美しいものです。ところが、それからエントロピー、つまり、熱力学の第二原理が作用し、状況は急転します。ナポリには《どんな靴も登山靴になってしまう》(Ogni scarpa addeventa scarpone)という諺があるのです。言わんとしているのは、遅かれ早かれ体つきは退化するし、どんな美女でも醜くなるということですよ。」

「誰かから聞いた話では――とカッザニーガが言った――日本には、身体の接触で若返ると信じている宗派があるとのことです。この宗派の信者たちによると、老いた男が自分よりはるかに若い少女と同衾すると、そのたびに数年若返るというのです。私の間違いでなければ、彼らは道教信者と呼ばれているのです。」

「それじゃ――とサヴェーリオが結論した――未成年の女子を誘惑する老人は、儂《わし》がいつも思ってきたような恥知らずじゃなくて、道教信者なんだな。」

「そう、たぶんね――とベッラヴィスタがサヴェーリオの悪意を無視してコメントした――でも、この種の説を確かめるために、日本にまで行くには及ばない。イタリアにだって、セックスを治療目的で実行してきた人びとがいるはずだからね。かつて、私の記憶では、見つかったローマの墓の上にこんな碑文が刻まれていた――『若き女中の息吹きのおかげにて百二歳まで健康に生きしルキウス・カルプルニウス、ここに眠る』、と。ところで、私は確信しているのだ――私たちの内には若い人びとへと突進させる衝動が隠されている、さながら、私たちの無意識が以前の青春時代に戻りたがっているかのようにね。他方、新聞売店の陳列台に並んでいる表題ページの絵を眺めるだけで、五十歳の女がひとりも出てはいないことがはっきりするよ。」

「ああ、なんて素晴らしいことをおっしゃる、先生！――とサルヴァトーレが叫んだ――儂は何時間も先生に耳を傾けてきたが、実を言うと、おっしゃることが必ずしもすべて分かったわけじゃないし、必ずしも同意するわけでもない。一例を挙げると、女房のラケリーナは決して美人じゃなかった。でも、彼女と一緒に居て、年を重ねるにつれ、悪化するどころか、だんだんましになってきた。たぶん、儂がこれに慣れたからに過ぎないのかもしれないけど、儂が彼女と結婚したときよりも今の彼女のほうが気に入っているんです。」

だが、ベッラヴィスタは全然聞いていなかった。サヴェーリオが守衛室を出るのを見て、彼も後を追ったのだった。

「サヴェー、ちょっと待って。訊きたいことがあるんだ。君はサンタ・マリーア・イン・ポルティコのあたりにずっと住んでいるのだね？　よろしい。なぜこんなことを尋ねるかというと、私の家じゃ、仕事に集中できないからさ。妻や、電話や、私を訪ねてくるうるさい連中やで、いつも仕事を邪魔されているんだ。目下、ピュタゴラスに関して小さなエッセイを書いているところなので、一日でも、まあ、来週の月曜日でも、数時間、君の住まいを貸してもらえはしまいか。夕方前の、君が仕事中の六時頃とか……そのお礼はさせてもらうよ……。」

第9章　初　回

そしてとうとう彼女との出会いの素晴らしい初日がやってきた。この会う約束を可能にするのは、それほどたやすくはなかった。ジャコモとペッピーノが同席するときにはもちろん約束はしなかったし、ましてや彼女の家に電話を掛けたりはできなかった。彼女の父親が電話に出たりしたら何と言うべきだったか？　しかしありがたいことに、そのときジェシカ本人が電話に出たのだった。日曜日の朝だった。ベッラヴィスタはその機会を逃がしたりはしなかった。

「チャオ、ジェシカ――と挨拶してから、さっそく本題に入った――私たちがマルティーリ広場で一緒にアイスクリームを食べていたとき、君に話したあの詩人のことを憶えているかい？」

「いいえ。」

「そんなことはないだろう？　ちょっと考えてみて。一緒に飛ぶために翼を持った詩人のことだよ。」

「ああ、そう。あいつのことね。」

「それでだ。彼の詩集を失くしたと思っていたんだが、幸い、見つかったのさ。友人に貸してあったんだ。もし君が明日、サンタ・マリーア・イン・ポルティコ地区のヴィーア・マルトゥッチのバル・ピーノの前にきてくれるなら、私は店の外で待ち合わせ、詩集を貸してあげるよ。」

「何時に？」

「何時がいい？」

「分からないわ……五時にでも。」

「分かった。五時にね。」

ベッラヴィスタは約束よりも少なくとも三十分前にヴィーア・マルトゥッチにやってきた。バル・ピーノも、ヴィーア・カンピリオーネにあるサヴェーリオの表玄関も見張れるように、公衆電話の傍に場所を取った。誰かに気づかれるのが怖かった。実際、顔馴染みの者が近づいてくるのを見るや、すぐに受話器を取り、電話している振りをした。もちろん、彼は探偵を演じるのにはまったく向いていなかった。とうとうジェシカがやってきた。彼は彼女がまだ百メートルも離れているときにも、ミニスカートで彼女だと分かった。少女はバル・ピーノの前に立ち止まり、見回した。ベッラヴィスタは駆け寄ったが、立ち止まりはしなかった。彼女の傍を通り過ぎながら、「ついて来なさい」と囁いた。それから、頭を低くしてサヴェーリオの玄関をくぐった。彼女も後ろをついてきた。彼は振り向かないで、十段ばかり昇り、左手の最初のドアの錠前と格闘しだした。ドアが開き、中へ入った。彼女も後に従った。今やふたりとも暗闇の中にいた。ベッラヴィスタは考えた。「今をおいてほかにない」。それで、ドアを後ろで閉じた。手で電灯のスイッチを右、左に探した。ジェシカはその間にもう彼を抱いていた。明かりをつけ、彼女にキスしようとして、彼女が下唇にシルヴァーのリングをはめ込んでいることに気づいた。

「唇に何を差し込んでいるの？——といぶかりながら訊いてみた——いったいそれは何なの？」

「ピアスよ。マスコットリングなの。ジアーダ、サマンタ、ヴァネッサも同じようにしているわ。今トレンディーなのよ。」

「トレンディーかもしれないけれど、私のレッスンに来るときにはこんながらくたを口に付けないで欲しいね。」

「あら、すみません。でも分からないわ――とジェシカは辛辣に言い返した――じゃ、ここに居るのはレッスンをするためなの?」

「いや、違う。だけど今日、私は君のお父さんに電話したんだ。」

「いいわよ。それじゃ、私たちがどこで何のために落ち合ったのか、パパに言ってもいいわ。先生、いいこと、どうやらあんたは私を虚仮《こけ》にしたみたいね。私はいつも自分でやりたいこと、気に入ったことを何でもやっているのよ。あんたがオーケーしようが、しまいが、けっこうなの。あんたにはお気の毒さまだけど。」

注意すべきは、ジェシカがほんの数秒のうちに、《先生》から《あんた》へと移行したことだ。今や彼女は彼を掌握し、彼の意図を知り、彼を恐喝しているのだ。

「君のために言っておくけど――とベッラヴィスタは今度はもっとはるかに口調を和らげ、とうとう教師ぶるのを諦めて訊いた――君にキスしようとする少年が口の中にリングを見つけたら、どう反応すると思う?」

「少年だったら、たいしたことじゃない。あんたのような老人にはそうではないようだけど。」

「うん、正直なところ、私には邪魔になると思うね。」

「まあ、やってみてから、どうだったか言ってよ。」

こう言いながら、彼女は舌、リングも含めて、彼にタコの吸盤みたいなキスをしたのだった。

ベッラヴィスタは今やすっかり混乱していた。彼の時代には、ふたりの若者が、うまくいって同衾するには少なくても一年を要したのだ。かつてはまず自己紹介、それから友人の家での出会い、《舞踏会》、それからヴィーア・デイ・ミッレへの散歩。要するに、まず会う約束、それから第二、第三の約束が続いて、最後にいわゆる《告白》と相成ったのである。少年は本心を表明し、少女は《イエス》または明白な《ノー》をもって答えることを強いられていたのだ。その後で、行為へと、つまり、キスや愛撫に移行するのだった。ところが今日では、直接目的へと突進するのだ。

「このほうがましだ——とベッラヴィスタは考えた——彼女がイニシアティヴを取るほうがましだ。たしかに、彼女のほうがはるかに実践に長《た》けているんだから。」

その日は忘れ難いことはもう何も起きはしなかったが、ベッラヴィスタは完全に思慮を失っていた。夜中に目を閉じはしなかったし、翌日もただジェシカのことしか考えられなかった。彼女の裸体、すらりとして、引き締まり、ほとんど男みたいな身体をしており、上向きの二つの乳房のことを思い浮かべていた。火曜日と金曜日の、補習授業日までの時間が、彼には耐え難いほど長かった。彼女に再会するのがほとんど待ちきれなかったのだ。レッスン中にもほとんど上の空で、もはや彼の好きな哲学者のこともほとんど忘れてしまい、恥ずかしいことに記憶さえなくしたかのようだった。ところが、彼女はと言えば、何ごともなかったかのように振る舞った。仲間が居るところでは他人行儀をし、ふたりだけになると親友の振る舞いをした。それから、ある日のこと、廊下で、ペッピーノとジャコモがすでに入ったのを利用して、彼の口にキスさえして、彼らのうちのひとりがふと振り返るとか、彼の妻がひょっこり姿を現わすかもしれないという危険をも無視するのだった。要するに、冷や汗をかいたのである。

数日が過ぎ、再びふたりはやはりサヴェーリオの家で落ち合った。小さなリングはもうなくなっており、ベッラヴィスタは今やその瞬間が訪れたことを悟った。だが、どう始めたものか？　この中二階には居室はなく、会話のための隅っことか、座ったり話したりできる小さなソファーもなかった。ベッド以外には何もなかったのだ。馴染みの恋人であるかのように、パンツを脱ぐこともできなかった。数秒の間考えてから、本題に入るために、かつてボンペイに関する本の中で読んだことのあるエロティックな文句を引用することを思いついた。

「わが生命、わが喜びよ、しばしこの遊びに耽ろうではないか。この床が草場であろうと、俺はお前のために駿馬とならん」(Mea vita, meae deliciae, ludamus parumper: hunc lectum campum, me tibe equom esse putamus.)

けれども、ジェシカはラテン語のレッスンを辛抱する気は全然なかったから、彼の袖をつかむと、ベッドへ彼を引っぱり込み、それからジーンズを突然取り去った。ベッラヴィスタは正直に言ってそれを予期していなかったし、少なくとも初め数分間はいくらか実際上の問題があった。彼女とは初回だったのと、興奮していたのと、青年の若さを欠いていたのとで、とにかくなかなか行動に移れなかったのだ。だが、彼女、この小さなジェシカはそんな細かなことで勇気を失いはしなかった。

「私に任せて」――と彼の耳元で囁きながら、然るべきことをやったり、言ったりした結果、ベッラヴィスタはかなり立派に窮地を脱することができた。

「ありがとう、私のだいじな宝ちゃん――と最後に言いながら、彼女の身体を抱いた――ありがとう、私をもう一度青年の気分にしてくれたよ。」

「あら、馬鹿なことを言わないで。あんたは恐竜じゃないのよ。いや、知りたいのなら言うけど、あんたは私にとって年取った少年に過ぎないわ。」

信じ難いことに、彼女は老練な愛人に思えたのに、彼のほうは初めて少女と同衾した青二才に思えたのだった。

「ああ、ジェシカ、白状するけど、ほんとうに私はひどく興奮したよ――とベッラヴィスタは囁いた――とりわけ、君の年齢に私は当惑したんだ……分かっておくれ、私のだいじな宝ちゃん、何と説明したらいいか……でも数分前までは君への欲情でほとんど考えられなかったのだが、今となっては……何と言うか……激しい罪悪感を覚えているんだ。」

「何の感じを?」

「罪悪感さ。君よりずっと年老いているからね。私はほとんど化物みたいなことをした気がするんだ。」

「化物みたいなことだって? そんなに自分を責めないで」と、彼女は彼を宥《なだ》めた。明らかに彼女は《化物》という言葉を何か表面的なことに結びつけていたのだ。「あんたの言う罪悪感にひどく苦しんでいるのなら、私がそれをあんたから取り去る（accannare）こともできてよ。」

「取り去るって？」

「そう、払いのけることよ。」

「どうやって？」

「私に贈物をすることで。」

「贈物？　どんな贈物を？」

「携帯よ」とジェシカが答えた。

「携帯？　でも、君は一つ持っているじゃないか？」とベッラヴィスタが訊いた。

「そうよ。でも、これのナンバーはみんなが知っているわ。父も母もすべての友だちも。でも、私はあんたと私だけの、秘密の電話を掛けたいの。私だけに掛けられる携帯よ。ところで、あんた、携帯あるの？」

「いや。その必要を感じたことがないからね。」

五日間が過ぎ、いつものようにサヴェーリオの家で再会した。だが、正直なところ、今回の逢い引きは前回ほど刺激的ではなかった。サスペンスに欠けていたのと、ジェシカがあまり気持ちを集中していなかったせいか、とにかく彼がベッドに入ったとき、彼女は彫像みたいにじっとしていたのである。

「何を考えているの？」とベッラヴィスタが訊いた。

「ああ、いろんなことよ」と彼女は答えた。

「私とやりたいとは思わないの？」

「いや、いや。やってよ。でも急いでね」

第10章　誰でも知っている

読者諸賢への助言――恋文を書かないこと。遅かれ早かれ誰かがそれを読み、あなたは笑われるであろう。恥をかくようなことを書いてある手紙を持っていたら、あなたを傷つけるようなことになる前に、すぐさま破いておしまいなさい。われらのベッラヴィスタ先生みたいにならないために。なにしろ、彼は生涯で初めての、もちろんジェシカからの恋文を受け取ったのだった。それが一週間、ベッラヴィスタの書物の間に挿まれていた後で、たまたまマーリア夫人の手に渡ってしまったのだ。哀れな夫人が目にしたのは、こんな内容だった。

愛しい人へ

あんたは格別よ。少年が四十歳代の女（anta）に惚れたら、エディプスコンプレックスと言われるけど、若い新婦が恐竜のせいで思慮を失ったら、なんて言われるのかしら？　きょうやっとあんたの本のにおいを嗅い（nasare）でみて、すぐに有頂天になったわ。あんたをまた抱き締める（inchiumare）のが待ちきれないわ。

あんたの恋人より

この件を問い詰められて、ベッラヴィスタは面食らってしまった。この《愛しい人》が誰で、《恋人》が誰なのかはまったく分からなかった。きっと彼の生徒のひとりが落とした手紙で、彼が何気なく拾って本の間に挿んでおいたものだろう。骨折り損だった。マリーア・ベッラヴィスタはそのような陳腐な説明に満足するには、あまりに抜け目がなかった。この手紙では、はっきりと、若い少女が恐竜（つまり、老人）に恋したと書かれていたし、しかも、先生はそれを書き物机の上の、ベルクソン『笑』とニーチェ『悲劇の誕生』との間に挿んで忘れていたのである。

「でも、どうして私が受取人なんてことがあり得よう？」とベッラヴィスタはこの上なく無邪気な様子をして訊いた。

「だって、ここで恐竜はあなただけでしょうが」と妻は答えながら、この上なく怒りの表情を示した。

「それがどうだと言うんだい？　女生徒が教師に手紙を書くなんてことはごく普通のことだよ。私がもっと若くてサンナザーロ高等学校で教えていた時分には、ありとあらゆる手紙を山ほど受け取ったものだ。」

「そのとおり、あんたがもっと若かったときにはね！　でも今じゃ、あんたはいい老人よ。もうそんな気取りは止めるときでしょうが。しかも、あんたは少女のご両親にすぐ報らせる義務があるわ。この手紙を見つけたのが私じゃなくて、彼女の父親だったとしたら？　いったいあんたはどんな面構えをしたことかね？」

「どんな面構えをしただろうか、だって？——とベッラヴィスタはわめいた——どんな面構えもしなかっただろうよ。今日にもこの手紙を当の女生徒に突っ返して、二度とこんなことをしないよう、厳しくしかりつけるよ。どうかもう止してくれないか！」

だが、ベッラヴィスタ夫人は決して矛《ほこ》を収めたわけではなかった。最初に、グレタ・カッザニーガに打ち明け、すると今度はその晩、彼女は夫にこのことを語ったのだった。

「あんたの友人は卑劣漢よ——と言うのだった——若い女の子をつけ回しているわ。あんただって信用できないわ。あんたらふたりとも先週日曜日の午後三時頃、いったいどこに居たの？」

「どこって？　エルコラーノに行っていたよ——カッザニーガは無邪気この上ない顔で答えた——発掘を見学してきたのさ。」

「そう、そう、発掘ね。でも私をそこへ連れて行ってはくれなかったのは、どうして？」

要するに、騒動になったのだった。


この時点でカッザニーガはベッラヴィスタを少し嫌疑にかけたのだ。

「ねえ、ジェンナーロ——と彼は語りかけるのだった——これはもちろん君の問題だし、私は介入したくないんだ。でも、お願いだから、馬鹿なまねはしないでおくれ。君はナポリが大都市だと思っているかもしれんが、間違いだぞ。ナポリは小っちゃな村落の集合なんだ。君もよく知ってのとおり、村の中ではどんな秘密も隠し通せないのさ。遅かれ早かれ、みんなにしれてしまうんだよ。」

「ねえ、レナート、誓って言うが、何も絶対に起きはしなかったんだ。今日日《きょうび》の若い連中がどういうものかは君も知っているだろう。彼らは目を開けたまま夢を見るし、馬鹿な女の子はそんな手紙を私に寄こしたりするんだ。それだけのことさ。私らの奥さん連中がこれを騒ぎ立てたんだ。でも、私は何の関係もない。」

「ジェンナーロ。ふたりの間では真面目にならなくっちゃ。あんたのことは理解できるよ。かつてアルファに居たとき、私にもかっこいい女秘書がいたんだ。ある日、彼女を資料室に遣わして、関係書類一式を取ってこさせた。すると、彼女はどの書類のことを言っているかよく分からないから、一緒についてきてと私に頼んだんだ。ところで、君が信じてくれるかどうか分からないが、私たちが地下室に居たとき停電になったんだ。そこで、私が紙マッチに点火する間もなく、彼女は私に身を投げかけてきた。『ずっと、あんたが好きだったの』と言って、私にキスしようとさえした。でも、私は自制心をなくさなかった。神のみぞ知るだが、彼女は実に美人だったのだ！　だからと言って、私は何も男はいかなる場合も婚外冒険をしてはいけないと言うつもりはない。そんなことはない。ただし、こういう関係は家族から遠く隔てておくべきなんだ。とても遠くにね。外国の、見知らぬ女との情事ならかまわないよ。さもないと、面倒に巻き込まれる。」

実際、スキャンダルは守衛室にも届いた。最初に切り出したのは、もちろんサヴェーリオだった。友だちに、ベッラヴィスタから《ピュタゴラスによく集中するために》自分のアパートを貸してくれるよう頼まれたことを話したのだ。だが、彼はこのピュタゴラスがそもそも誰のことなのかも知らなかったのだけれど。彼だけは疑念を抱いたのだが、この人物のことではなかった。とうとう或る日、彼は分かり始めた——ベッラヴィスタが自分の中二階で若い女性と一緒に三十分以上過ごしたことを。

「みなさん、儂《わし》はピュタゴラスに会ったんだ！——とサヴェーリオは守衛室に入りながら、大声で告げるのだった——さて、あんたらが信じるかどうかは分からんが、このピュタゴラスは婦人じゃない、儂によれば、二十歳にも達していない少女（guaglioncella）なんだ。ベッラヴィスタは儂を騙せると思っていたんだが、儂にそんなことはできっこないんだ。儂がもっと勉強していたなら、儂は警部補デリックよりもうまい探偵になれたんだがね。いや、儂は両人とも入るのを見たのさ。順々にね。そして、彼らがどんな隠しごとをしていたのかは、顔に出ていた。それで、儂はドアに聞き耳を立てたんだ。すると、住居が小さいものだから、囁き声まで聞こえた。しばらくして、ふたりは再び出てきた。やはり順々にね。儂は好奇心からじゃなく、どうなっているのか知りたかっただけなのだが、中に入ってみて、何を見つけたと思う？　紛れもなく肉体関係の痕跡を見つけたんだ。ベッドは動かされ、クッションは地面に置かれ、シーツはひっくり返っていた。要するに、みなさん、ベッラヴィスタとピュタゴラスは見苦しいことをやっていたんだ。それも儂の家でね！」

「これはしたり、世も末だわい！——とサルヴァトーレがどぎもを抜かれて叫んだ——どうしてそんなことが？　ベッラヴィスタ先生ともあろう人が。知恵の化身、哲学者、七十歳の男が、行きずりの若い女の子と同衾するなんて！　ところで、そのピュタゴラスって、いったい誰なんだい？」

「ここで間違いたくはないんだが——とサヴェーリオは答えながら、声を少し落とした——毎週火曜日と金曜日に先生のところへ補習授業にやってくる三人のティーンエイジャーを見たことはないかい？　そこで、誓ってもいいが、ピュタゴラスとはその少女のことなのさ。」

「君が言っているのは、ジェシカのことかい？——とサルヴァトーレが訊いた——彼女ならよく知っているよ。いつかトイレを貸してくれ、と言われて、女房が招き入れたことがあるよ。」

「でも、俺はやはり信じたくないな——とルイジーノが反対した——俺にはベッラヴィスタは詩人だ。彼がパンツを脱ぐのをとても想像することはできないよ。仮にそれが起きたとしたら、愛には限度がなく、時間も空間も選ばないということの証拠にほかならん。こういうテーマのために、一つ詩的な考えを表明させてもらおう。」

真の愛は数え直しできない
真の愛はいつでも若い。
あるのは一つの固定観念のみ——
歳月はほかのために過ぎても、愛のためではない。

L'ammore vero nun sape fa 'e cunte.
L'ammore vero resta sempre giovane.
Tene sulo nu chiuovo fisso: l'anne
passsano pe' l'ate e no pe' isso.

居合わせた者たちから拍手喝采。

第11章　ジアーダ

ジアーダはたしかに問題児だったと言えよう。二十一歳にもなっていながら、まだ高等学校三年生だった。十八歳のとき、《毒》と言われたギャングみたいな中毒患者と一緒になり、とうとう麻薬の世界に踏み込んでしまった。仲間の少年と一緒に麻薬の密売で逮捕され、ニシダ〔ティレニア海の火山小島〕で解毒のために一年間を過ごしてから、父親によりもう一度学校に通わされ、ここでジェシカの親友になった――もちろん、彼女の両親には大きな心配の種となったのだが。

「ママ、誓ってもいいわ。彼女はもうあれは止めているから！――とジェシカは母親に言うのだった――パリア（シガレット）さえ喫っていないのだから！　私がママに大嘘（bufala）をついたりしたら、ただちに屍《しかばね》となる（tirare le streppe）つもりよ。土曜日にガッビアでエクスタシーのドロップを私たちに差し出したけど、全部そっくり追い払ってしまったのよ。」

ジェシカの母親はエクスタシーがはやりの麻薬だとは知らなかったが、さまざまな理由からひどく疑い深くなっていた――彼女の友だち付き合い、話し方、とりわけ、日々新聞に載っているあらゆる情報から。ある日、疑惑に苦しめられて、ベッラヴィスタ先生のところに出向き、心のうちをこう打ち明けた。

「先生、うちの娘ジェシカがどんなにひどい状況に陥っているか、ご存知？　娘のクラスの親友は麻薬中毒患者なんです。しかも、監獄を出てきたばかりの！」

「いいえ、奥様、ニシダは監獄じゃありません。禁断療法のセンターなんです——とベッラヴィスタは彼女を慰めた——それに、お嬢さんはしっかりしていらっしゃいます。少々勉強が足りませんが、でも愚かではありません。私は或る日、彼女と麻薬問題を話し合ったのですが、彼女の反応でもっとも心を打ったのは、彼女の成熟です。『私は禁断療法《マンカ》をやっている少年をたくさん見たわ、学校をサボらせるためだったらしいけど』と、彼女は私に言ったんです。」

「禁断療法《マンカ》って？」

「精進することです——とベッラヴィスタは説明した——奥様、若者の話言葉を学ばなくてはなりません。私は彼らと絶えず接しているものですから、隠語の専門家になってしまいました。〝マンカ〟は精進、〝ボッタ〟はコカインが効いているとき、〝スクンキアーレ〟はマリファナに手を出していること、〝ストゥバッザーレ〟は友だちと一緒に吸引すること、です。」

「じゃ、〝パリア〟は何ですか？」と奥さんが尋ねた。

「シガレットのことです。」

「ああ、よかった。」

ベッラヴィスタはジェシカを介して、ジアーダも或る老人——彼女らの言い方では〝オーヴァー〟——と関係を持っていることを知った。メルカート広場の金持ちの商人で、幸せな結婚をし、四人の子持ちらしかった。

「で、君はこれをどう思う？」とベッラヴィスタは訊いた。

「よくある話だわ――と彼女は答えた――初めはジアーダはただお金を稼ぐためだけだった。初回にどうやら、彼女はしこたま引き出したみたいよ……。」

「しこたまだって？」

「そう、百万よ。なんて言ったらよいか。それで、彼女はすっかり身を任せる（acchiocciolarsi）ことにした。彼は彼女を〝ニンナ〟と呼び、彼女は彼を〝ノンノ〟と呼んだの。私は彼女と話して気づいたんだけど、もうどうしようもない状況になっているわ。彼は見掛けはよくて、いつも真面目にネクタイを締め上着を身に着けていて、人好きがするらしいわ。でもジアーダは、私が彼の名前を決してばらさないよう誓わせたの。ちなみに彼はアルトゥーロ・カッチャプオーティと言い、織物の大会社の持ち主なのよ。」


ベッラヴィスタは、自分だけがウンベルト一世高等学校Ⅲc組の一女生徒の唯一の老いた愛人ではないとのニュースが気に入った。彼が心配したのはむしろ、ジェシカが友人にあまりにも簡単に打ち明け話をすることだった。実を言うと、慎しみということは彼女らの得手でなかったのだ。

「お願いだけど、ジェシカ、私たちのことを誰にも話さないでおくれ。ジアーダにも、ジャコモにも、とりわけペッピーノにも。君の母さんがいつか知るようになりはしまいかと考えるだけで、私はぞっとするんだ。」

「いや、うちの母が心配しているのは麻薬中毒患者だけよ。むしろ、あんたにはどう言ったらいいか？　わたしとあんたが同衾したと知ったら、母は満足さえするかもよ。」

「冗談にでもそんなことを言わないでおくれ。君が想像もつかぬほど、私は罪悪感を覚えているんだから。」


それから或る日、ベッラヴィスタはジアーダと識り合った。レッスンの終わりに、ジェシカを迎えに彼の家にやってきたのだ。でも、彼女、ジェシカは帰った後だった。

「携帯で彼女を呼び出したら？——とベッラヴィスタは提案した——何なら、私の電話を使ってもよいよ。」

ジアーダは彼の書斎に入り、ジェシカを呼び出そうとしたが、連絡がつかなかった。彼女の携帯は切られていたのだ。

「糞！——とジアーダは叫んだ——こんなものは必要なとき役立ったためしがない！　いつも決まって。ふさがっているか、繋がらないか、切られているか、電話線がないか、よ！」

見たところ、ジアーダは普通のような印象を受けた。でも、普通って、どういうことなのか？　今日の少女が普通見かけられるみたいに、といっておこう。彼女もへそを出しており、穴だらけのジーンズを膝上に着用していたが、ありがたいことに、ピアスはしていなかった。このへその丸出しはベッラヴィスタには、どうにも説明がつかぬ現象だった。老人たちはこれにショックを受けるが、若者たちはそんなものに気もとめない。「ちょっと訊くけど――とベッラヴィスタはいつもこう言うのだった――寒くはないの？　真冬だというのに、少女たちは街中を裸同然で散歩しているんだもの！」

ジアーダがジェシカと連絡を取ろうとしている間、ベッラヴィスタはいつもの質問をした。

「学校はどうかい？」

「私はけっこうね。まずいのは学校よ。」

「どうして？　どうして学校はまずいの？」

「ああ、私は読んだことがあるわ、生徒一人に国家は年千五百万も費やしているって。それなら、学校はどうして早く私を卒業させないのかね。節約になるだろうし、私の老人も満足するだろうに。」

「老人って、君のお父さんのこと？」

「そうよ。老人だけど、あんたほど老けてはいないわ。とにかく、髪の毛はまだ黒いし。」

これがジアーダだった。彼女はみんなを同じように《あんた》呼ばわりし、いつも思ったままのことを話していた。

そこでベッラヴィスタは、たぶん老人呼ばわりされたことに復讐するためでもあろうか、話を麻薬に持っていって彼女を困らそうと決意した。

「君は麻薬で問題を起こしたって聞いたけど。もう手を切ったんだろうね。君の友人、その麻薬密売人とはもう会っていないんだろうな。それとも？」

「いや、いや。そいつとはとっくに縁が切れているわよ。でも、こんなことはあんたみたいな老人とは話せないね。あんたらはやったこともないし、心臓の弁が破けるわよ。あんたらは麻薬パーティ(rave party)に一回も出たこともないくせに、何についてでも下らぬ長話をしているんだよ。」

「すまないけど、同意しかねるね——とベッラヴィスタは即座に異議を唱えた——私の考えでは麻薬が脳を破壊するのを知るために、あんたの言うそんなパーティに出席する必要はさらさらないよ。」

「それどころか、不可欠よ！　ブツがなくっちゃ、何も始まらぬわ。私みたいにひどく腹を立てていて、ひどく機嫌の悪い女がいて、もうくたくたで死にたがっていると想像してみて。そこへ女郎屋の息子がやってきて、その女を引っかけ(quattare)ようとして、エクスタシーのドロップを差し出すとする。彼女はどうする？　もちろん、彼女はそれを飲み込むし、しかもあまり頭を使う(pippe mentali)ことをしないでね。《かまうもんか？》もうこれ以上ひどくはなりっこない、と考えてね。」

「ちょっといいかい——とベッラヴィスタは今度は彼女を激しく叱責するつもりで遮った——私だって、あんたら若者が摂取しているエクスタシーやこうしたがらくたには賛成なんだ！」

「本気で？」とジアーダは疑い深く尋ねた。

「そうとも。わけを話そうか。この地球にどれだけの人間が暮らしていると思う？　六億だよ。十九世紀末には二億に過ぎなかった。言い換えると、たった二百年の間に地球の人口は三倍に増えたんだ。それで、こんなふうに進行したら、百年の間に二十億になってしまうだろうよ。ところが、自然には人間を全員養うことはできない。さて、どうするか？　自然は考えた挙げ句、とうとうエクスタシーを考案した。こうすれば——と自然は自ら言い聞かせているんだ——少なくとももっとも愚かな連中をすっかり死なせられる。私がこんな話をしているんじゃなくて、チャールズ・ダーウィンがそう言っているんだ。彼はこれを自然淘汰の法則と呼んだ。つまり、馬鹿な奴は麻薬に手を出し、早死にするが、ずる賢い奴はそれに手を出さず、遅れてしか死なないし、増殖する時間を持つことになる。さて、いいかい、私としては君のような馬鹿な連中が先に死に、ジャコモのような賢い連中が遅れて死んで欲しいな。」

「ジェシカが私に言ってたわ、あんたはいやな奴だって。私は彼女の言うことを信じたくはなかったけど、今やっと気づいたわ、彼女が言い当てていたことにね。」

第12章　ベンサム

ジャコモは十五分早くベッラヴィスタの家にやって来た。彼は哲学で八点〔最高点〕を取り、先生にこのことを伝えたくてうずうずしていたのだ。でも、ふたりだけの内密にしておきたかった。友だちにいじめられるのを怖れたからだ。たとえば、ペッピーノは彼がいつもクラス一番になろうとしているると非難したし、ジェシカは彼が勉強のせいで未だに童貞だと露骨に言わずにはおれなかった。「そんなこと、君の知ったことか！」と彼女に言い返したかったのだが、ある種の非難に対しては、もう防ぎようがなかったのだ。実は、勉強は少女との問題とは無関係だった。むしろ彼のあまりの臆病さこそ、からかわれても仕方なかった。美少女から言葉を掛けられるだけで、彼の顔はトマトみたいに赤くなったのである。

「で、どんな設問が出されたの？」とベッラヴィスタが知りたがった。

「すべて、ショーペンハウアーについてでした。それで、僕がそれに答えて、ショーペンハウアーはヘーゲル哲学を不快きわまる、食べられないスープと見なしていました、と言うと、僕の教師が笑い出したのです。僕は、ショーペンハウアーがヘーゲルを俗っぽいペテン師と呼んでいる個所を引用しました。実は私の教師は、ヘーゲルをこの世のどの哲学者よりも嫌悪しており、彼について何か悪く言うすべての人びとに共感を抱いているんです。僕はそのことを知っていて、ヘーゲルに対してなんであれ、悪口を言う可能性が見つかるとすぐさまそれを利用することにしたのです。」

「君は実に抜け目のない奴だな。それじゃ、来年、大学のどの学部を志願するつもりなんだい？」

「これは僕の大問題です——とジャコモは白状した——かたや僕は哲学を続けたいのだけど、かたや数学にも引き付けられているんです。残念ながら、数学と哲学の両方のための学部は存在しないんです。」

「君の言うとおりだよ——とベッラヴィスタは同意した——私も、哲学は精神科学よりも数学と関係があるとずっと思ってきたんだ。数学をやる者には、哲学的な根本の観方を必要としている。たとえば、ゼロと無限——これらは二つの数であるばかりか、哲学的概念でもあるのだよ。」

「そうですよね。でも、僕の父は哲学にも数学にも耳を貸そうとしません。僕に工学か医学を志望して欲しいと思っているんです。一昨日になって、父は僕に言いました、『ジャッジャ、お前が生涯飢え死にしたいのなら、教師になるべきだな！』って。」

「ああ、君はそれを誰に向かって言っているのかい？——とベッラヴィスタは叫んだ——でも、一つ打ち明けて欲しいんだ。ペッピーノとジェシカは卒業後どうすると思うかい？　大学へ進学するのだろうか？　行くとしたら、どこを志望しているのだろう？」

「いえ、いえ。彼らはきっと勉強しないでしょうよ。頭にあるのはまったく別のことなんだから——とジャコモは答えた——ペッピーノはプロのサッカー選手か、せめてトレーナーをやりたがっているし、ジェシカは映画女優か〝ウィークショー〟のアシスタントをやるつもりでしょうね。でも、目下彼らはけんかばかりしていますよ。」

「それはそうと、少し前から私も気づいているんだが、ペッピーノとジェシカは互いにずっと言い合いをしている。ひょっとして、私の知らぬことでもふたりの間に起きたんだろうか？」

ジャコモは答えなかった。明らかに、事情に通じていながら、洩《も》らそうとしたがらないようだった。スパイと見なされるのを恐れていたのだ。でも、ベッラヴィスタがしつこく迫ったので、とうとう話す決心をしたのだった。

「先生、おっしゃるとおりです。実は九月に或ることが起きたんです……クラス全員で学年初めのエクスカーションとしてパエストゥムに行ったんです。そして、僕たちはビアジーニ先生と一緒にネプチューンの神殿を訪れたのだけど、ペッピーノはジェシカを口説いて通用門を入って行ったんです。彼はジェシカを市壁の穴みたいな所へ誘い込み、それから、すぐにいたずらをやろうとした。でも、彼女はペッピーノを邪険にはねつけ、こう言ったんです——『あんた、まだミルクの臭いがするのに、プレイボーイ（sciupafemmine）をやりたがるつもり？』とか何とか。とにかく、それ以来ペッピーノは彼女を嫌っているんです。ほら、ふたりが来ましたよ！」

すると、本当にベルが鳴った。ベッラヴィスタ夫人がドアを開けてふたりを入れた。ペッピーノはひどく不機嫌だった。

「君なんか地獄へ落ちるがいい、ガッシャ。ひとりでここへ来るのなら、どうしてそうと知らせないんだ？　馬鹿みたいに、俺たちふたり地下鉄の駅の前で十五分もお前を待ったんだぞ！」

「いいじゃないか――とベッラヴィスタが機先を制した――さあ、時間を取り戻そう。座りたまえ、すぐ始めよう。」

生徒たちが席に着いた。ペッピーノは相変わらず、ジャージを着ていたが、ジェシカは実にエレガントだった。貴婦人みたいに、ハイヒールを履いていた。ほとんど別人に見えた。ほかの人が見たら、彼女を二十五歳と思ったであろう。

ベッラヴィスタは好奇心を起こした。どうしてこうも派手にしているのかと訊きたかったが、自制して、レッスンを始めた。

「今日は功利主義者たちの話をしよう。」

「どうしてそう呼ばれているんですか？」とジャコモが訊いた。

「役立つもの（ラテン語 utilis〔役立つ〕に由来）を、厳密には、人生において役立つと思われるものを目指していたからだ。最初の功利主義者は英国人ジェレミー・ベンサムだった。先取りして言うと、性格は内向的だった。見知らぬ人びととも、同僚とも会話するのを好まなかった。その代わり、たくさん書いたのだけれど、もちろん、読まれなくても平気だった。だから、自分から音頭を取って出版したことは決してなかったのであり、他人、たいていは友人たちがほとんど内緒で、彼の原稿を出版社に渡したのだった。」

「分かったよ。今日でも僕たちはそういう鬱病患者にお目に掛かっているから」とペッピーノは要約してから、彼の好みの話題に移ろうとした。「それじゃ、このベンサムは女性に対しても不器用だったんだろうな。」

「たぶんね——とベッラヴィスタは合槌《あいづち》を打った——でも、それは問題ではなかった。ベンサムには、幸福は女性ではなくて、精神的快楽だったんだ。それに対して、不幸は身体的なものであれ心的なものであれ、苦痛にあったから、多かれ少なかれ苦痛をもたらすにつれて、彼は状況を憂慮すべきものと見なしていたんだ。」

「おめでたい人だ、このベンサムは！——とペッピーノが皮肉なコメントをした——彼は何の価値もない発見をしたんだもの。」

「ちょっと黙ってろ！　ペッピ！——とジャコモがどなりつけた——いつも下らぬことばかり言って！　何か学ぼうとはしないのか？」

「こういうことをきっかけに——とベッラヴィスタは平然と続けた——彼は《最大多数の最大幸福》(the greatest happiness of the greatest number) なる原理を展開したんだ。ところが、ここが実は問題なのだ。つまり、集団の幸福は必ずしも個々人の幸福の総計と合致しないのだ。場合によっては、正反対のことさえある。」

ジャコモはまだはっきりとこの考え方を把握していなくて、さらに説明を求めた。ジェシカとペッピーノももっと知りたがった。

「正反対とは、どういう意味ですか？」と生徒たちが訊いた。

「言わんとしているのは、ある人の幸福がしばしば別の人の不幸を招くということさ。分かりやすい例を挙げよう。幸せになるために、私が欲しいものを何でも買うとする。たとえ、君らがポケットに持っているお金を盗まざるを得なくなっても……。」

「そんなことをしても、たいした得にはなりませんよ、プロフェッソー――とペッピーノが嫌みたっぷりにコメントした――もう十分幸せになっておられて、きちっとした日常生活を送られていて、たぶん二万リラを得ていらっしゃるのに。」

「それでとうとう――とベッラヴィスタはこの言葉を気にかけずに続けた― 私はますます幸せになるだろうが、君らはますます不幸になるだろう。または、私が地上で望む最大目標が権力であるとする。それで、私が働いている会社の社長になるためには、私の目の前にいるキャップを何とかして消さざるを得ないものとする。この場合でも、私の願望は別の個人のそれと衝突するだろう。要するに、功利主義者たちに言わせれば、万人を満足させるための唯一の方法は集団的幸福――実際上、すべての個々人の幸福の総計――への正当な尺度を発見することにあるのだ。」

「あんたたち男の人が――とジェシカが介入した――口にするのは、いつもお金と権力よ。でも、この世にはもっと大事なものがほかにあるわ。人が欲しても、分けられないわよ。たとえば、愛がそれよ。仮にあんたら三人――先生、ペッピーノ、ジャッジャー――がみな私に惚れ込んだとしても、私は……。」

「おい、何だって？――とペッピーノが遮った――俺たちが君に惚れるんだって？ よくも言うな。君なんかのような女に惚れるのは大馬鹿だけだよ。みんなが君にいちゃつく（ravanabile）にしても、俺はお断りだ。仮にそうなっても、君に長く舞い上がる者はいないだろうよ。言い過ぎたかな？ 君はかなり自惚《うぬぼ》れているよ。自分だけがまともな女と思っているんだろう。」

「でもね、つい最近私がたまたま脱線して、ある男を知ったわよ」と少女はベッラヴィスタを見ないで、やり返した。

「誰だい？　精神病院を脱走した狂人かい？」とペッピーノが皮肉った。

「もうお止し！——とベッラヴィスタは会話の雲行きが怪しくなるのが心配になって、命令した——むしろ私たちは聞きたいね、ジェシカの推測では、ベンサムはどんな窮地に陥ったと思うかを。」

「それじゃ言うわ——とジェシカが説明した——あんたら三人が私にぞっこん惚れ込んだら、少なくともふたりはすごすご帰らねばならないわね、たったひとりしか満足させられないから。」

「誰がそんなことを言った!?——とペッピーノが抗議した——俺たちはいつもグループ・セックスをやれるんだぞ。三人とも敷布団の上に横たわって、それからは成り行き次第さ。」

「落ち着いて、君たち、落ち着いて！——とベッラヴィスタがブレーキをかけようとした——ジェシカは基本的なことを理解したんだ。つまり、一個人の幸福は常にもうひとりの幸福までにしか届かない、ということだ。そこで、私たちは自問しなくてはならない——人生で目指すべき真の目標は何か？と。個々人の幸福と、集団的幸福とは別ものなのだよ。トマス・ホッブズは『人は人にとって狼だ』(homo homini lupus) と信じていたし、だから、彼自身の利害だけに関心を寄せていた。一方、ニーチェは《多数》を犠牲にした《少数》の幸福を弁護したし、また、古代ローマ人たちは最高善(summum bonum) は万人の繁栄でしかあり得ないと確信していたんだ。」

「みんな素晴らしいわ——とジェシカがまたも介入した——お金や、税金や、宿泊料ではいつもきちんと節度を守れても、愛に関しては仕方がないわ。愛するか、愛さないか、そのいずれかよ。だから、もう一度先の例に戻ると、あんたらのうちのひとりだけしか愛せまい……。」

「……それでものは試しだけど、いったい君は誰を選ぶのかい？」とジャコモが訊いた。

「もちろん、先生よ」と、少女はくすくす笑いながら答えた。

ペッピーノは即座に反応した。「糞ったれ、女はみな淫売だよ。貴様は先生に取り入ろうとして、何でもぬかす気だな。」（Nun ce sta niente 'a fa; é femmene sò tutte zoccole. Chesta, prue é s'arruffianà 'o professore, sarebbe capace 'e dicere qualsiasi cosa!）

「もう止しなさい――とベッラヴィスタはジェシカの公言にかなり困惑して、遮った――功利主義者たちについてのレッスンを続けよう。個々人の幸福と集団的幸福との葛藤を解消するために、ベンサムの弟子たち、とりわけ、ふたりのミル――父のジェームズ・ミルと息子のジョン・スチュアート・ミルはいろいろ考えたんだ。でも、このおふたりさんの理想を考察する前に、幸福とはそもそも何かを理解することにしたい。エピクロスにとって、享楽は目的そのものではなかったのであって、苦痛の欠如が目的だったし、彼を破廉恥な人物と見なして批判した人びとはみな、彼を誤解していただけなんだ。したがって、真の功利主義者は快楽それだけを目指していたのではなくて、いわゆる非-苦痛を目指していたのだ。」

「じゃ、被虐性愛者《マゾヒスト》たちはどうなの？」とジャコモが正当な反論をした。

「マゾヒストって、誰のこと？」とペッピーノが訊いた。

「君は何も知らないんだな。快楽よりも苦痛を好む人たちのことさ。」

「そんな頭のおかしい奴が本当にいるのかい？」とペッピーノがなおも尋ねた。

「たしかにいるとも――とベッラヴィスタが答えた――しかも、大勢いるよ。たとえば、クリスチャンは《われわれは苦しむために生まれた》と信じており、あの世にだけ真の生活が始まると信じている以上、根底ではマゾヒストなのだよ。エピクロスが端的な享楽を説いているのに対して、クリスチャンは幸福をいつも天国の遠い明日に延ばしてきた。そして、イスラム教徒ではどうか？　彼らの事態はもっとひどい。彼らは自分たちが苦しむことを強いられていると感じているし、他人、とりわけ、異教徒たちを苦しますことができないなら、いかなる平安も感じないんだ。しかし、その報いとして、ひとたび死ねば、彼らは素晴らしい楽園での永遠の生活をすることになろうし、毎晩予言者の天女《フーリー》たちと一緒に床に就くことになろう。要するに、苦しみの文化はいつも夥《おびただ》しい信者をかち得てきたし、たしかに、快楽の文化よりも広く普及している。しかも宗教ばかりか、政党でもそれを採り入れている。たとえば、共産党員を取り上げてみよう。彼の信条も、当面の幸福ではなくて、遠い未来の幸福にある。彼らがいつも《明日の太陽》のことを口にしてきたのも偶然ではないのだ。」

「それじゃ、僕らは例外か？――ペッピーノが結論づけた――たとえば、今晩僕が巨大な（di quest posta）二つの乳房を持ったバルバラなる女とピザを食べに行き、それから、彼女と一緒にどこかへこっそり逃げこめるとしたら、僕はもうこれ以上人生に求めることはしまいなあ。」

「それも良かろう――とベッラヴィスタは同意した――だが、功利主義者たちについてもう少し続けてみよう。ある意味では、ソクラテス本人も初期の功利主義者だったと見なせるかもしれない。プロタゴラスと議論していて、彼がソフィストたちの倫理をあまりに理論的に規定し過ぎたことがあったのをここで想起すれば十分だよ。彼は言っていたんだ、『無論、この倫理は高い価値があるが、もっと重要なのは、それを日常生活に応用できることだ』って。」

「どうせそんなことだろうと思っていました——とジャコモが叫んだ——ソクラテスはいつもこうなんだ！　彼は何を言おうと、いつもしっかりと現実に足をおろして立っている。」

「そのとおり——とベッラヴィスタが賛成した——彼ほどの功利主義者はほかにいなかったんだ。でも、もう一度、ふたりのミルの話をしてみよう。彼らはみんなの幸福という問題を提起して、こんな結論に達したんだ、『相対的な平均的幸福は万人にとり可能だが、ただし、欲望を過度に求める者たちを罰するという条件が付く』と。言い換えると、あらゆる乱用を予防する、有効な法規の重要性を強調していたんだ。」

「先生——とペッピーノがまたも発言を求めた——もう一例を挙げさせてください。僕の個人的な幸福のために、今立ち去りたいとしましょう。友だちとサッカーの約束をしてあるので。僕が十五分先に失礼するとしたら、誰を傷つけることになるでしょうか？」

「私としては、君が好きなものだから——とベッラヴィスタは答えた——君が無知なままでいるのを見ている気持ちにはなれないね。」

第13章　嘆きの天使

「ええ、信じてもらえないでしょうけど、私がジェンナーロと識り合ったのはブリッジのおかげなのです。私がまだ少女だったとき、ある日このベッラヴィスタ先生を紹介されたのです。人びとの話では、彼は偉大なチャンピオンだとのことでした。それで私はブリッジの遊び方を習いたかったものですから、ふたりの女友だちと一緒にサークルに通い始めたのです。彼は私には、当時からすでに老人だったし、少なくともそう見えました。正確に言うと、彼は三十三歳で、私は二十二歳でした。でも、年齢の差にもかかわらず、彼はすぐ私を口説き始めましたし、そしてこうして、今日もゲーム、明日もゲームをやっているうち、成り行きで、とうとう私たちは近しくなり、結局たった六カ月後に結婚してしまったのです。」

こう喋っているのは夫人のマリーア・ベッラヴィスタである。ふたりはカッザニーガの家に来ており、ブリッジの女性トーナメントで、ふたりの夫人の勝利が祝われていた。食卓を囲んで、六人が座っていた。ベッラヴィスタ夫妻、カッザニーガ夫妻、その娘シモーナと夫の歯科医、である。

「ところで、お尋ねしますが――とマリーア夫人は女の友人のほうに向いて続けた――かつてブリッジのチャンピオンだった男の人がひどく呆けてしまい、日が経つにつれてカルタを手に取ることもできなくなるなどということがどうして起こりうるのでしょう？　まあ、想像してみてくださいな、先週あなたがインフルエンザでベッドに寝ているときに、私は月曜日のトーナメントに加わらねばならなくなり、ジェンナーロを引っぱり出すという不吉な考えを抱いたのです。いいですか、あの日ほど私は面目をつぶしたことはありません。どうしてって？　私が十二点にして、クラブから開けると、ジェンナーロはスペードの2で応じながら、一巡しようとしたんです。さて、私は最小値で開始しましたから、スペードの4で終えました。相手はハートのキングで攻撃し、それでジェンナーロは少しも骨折らないで、三十枚のカードを全部次々と切ることができたのです。ところで、彼は何を手にしたと思います？　スペードのエース、キング、クイーン、9、8、2、さらにハートのエース、3、4、ダイヤのエースと2、クラブのキングとクイーンです！　それで私が訊いたのです、どうしてそんなそろいのカードがあるのに、スラムに打って出なかったの？と。すると信じられないでしょうが、こう答えたんです、『ねえ、お前、正直なところ、お前がクラブから開けたとき、お前のことを気にしていなかったんだ。お前はパスしたとばかり思っていたんだよ』って。で、言ってくださいな、こんな男をどう手助けすべきでしょうか？」

「あなたにニヒト（nicht）なんて、とても言えませんわ——とカッザニーガ夫人が答えた——ご主人はもうプレイヤーではなく、別人にお成りになったのだわ。じっと我慢なさらなくっちゃ。じっと、じっとね。」

フィリピン人のお手伝いさんがリゾットをテーブルに載せたので、ベッラヴィスタはこの機会を利用して、話題を変えた。

「はっきり言って、私たちナポリ人にはあまりライスは好物じゃなかったですね。ミートローフ、エンドウ豆、かたゆで卵の小片、豚レバー、生クリームでパイ料理にして出されないと。私たちはこういうプディングをサルトゥ（sartù）と呼んでいるんです。」

「それなら私たちドイツでも作りますよ」と、カッザニーガ夫人が告げた。

「私が少女の時分に、わが家にはソーセージも入ってきましたわ――とベッラヴィスタ夫人が付け加えた――ところで、ある日父が抗議して母にこう言ったのです、『なあ、お前。お前は俺を殺すつもりだな。ひどい裏切りだぞ、誰も訴えられないような方法をお前が選び出すなんて！』」

「今晩、テレビ番組には何がありますか？」とシモーナがだし抜けに訊いた。

「ライ・トレがフォン・シュテルンベルクの素晴らしい映画『嘆きの天使』を放映するよ」と、彼女の夫が答えた。

「あれまあ、私の年齢（六十歳）と同じぐらい古いものに違いありませんな――とベッラヴィスタがコメントした――主役は有名なマレーネ・ディートリヒですね。私の記憶が正しければ、すっかり露出した女性の脚を映画で見たのはこれが初めてでした。でも当時は、この映画を観に行くだけで、死罪を犯すのに値したことを憶えています。」

　こうして、六人とも全員テレビの前に集まった。映画では、市立ギムナジウムのドイツ語教師で、六十歳頃の男性、インマヌエル・ラート先生が現われた。ラートは敏感な人物だ。早朝にミルク・コーヒーを飲み、それから立ち上がって、カナリアに砂糖の小片を与える。ところが、彼が見たものは？鳥籠の中で死んでいたのだった。彼はショックを受けるのだが、彼のメイドは彼よりも決断力があって、そのカナリアを手に摑み、ストーブに放り込むのである。

「素晴らしい役者だ！――カッザニーガが言った――名前は何というのです？」

「ジャニングズとか何とかだと思います――とベッラヴィスタが答えた――映画が進むにつれて、ますますうまく演じています。マレーネ・ディートリヒと正反対にね！」

「そんな言い方をして！――とマリーア夫人が叱りつけた――いつも女性に逆らうことを言っていると、ろくなことはないわよ。」

「お前こそ楯突きやがって！――とベッラヴィスタが抗議した――今日はとくに我慢ならんわ！」

ラート先生が教室に入ると、生徒たちが大騒ぎしている。脚をむき出しにしたバレリーナを撮った写真が次々に手渡されてゆく。《嘆きの天使》という舞踏場の宣伝ビラだった。先生は生徒たちをひどく叱りつけ、適切な処置を留保する。というのも、彼が去ろうとすると、クラスの首席がこっそりと彼に打ち明けたからだ――毎晩同級生の何人かがこっそり寄宿学校を出て、この舞踏場で評判の悪い女たちを見に行っている、と。そこで、ラートは生徒たちを現行犯で捕まえることを決する。ところが、尾行調査中に、マレーネ・ディートリヒの楽屋に入り込んでしまう。彼は激昂したが、彼女はすぐさま彼を落ち着かせる。部屋に入る前にはノックするものです、と言い聞かせて。それで、先生はすみません、と詫《わび》るのだが、ついうっかりして彼女にぶつかり、手からおしろい入れ（コンパクト）を落としてしまう。それから、そのコンパクトを拾おうとしていて、バレリーナの両脚の間に頭を突っ込み、このために彼は途方に暮れてしまう。どう見ても、彼が女性の両脚をこんな近くから見たのは初めてだったらしい。テーブルの下を茫然としてもたついていると、とうとう彼女、この美しいローラがやや人をくったように尋ねる、「先生、いったい何をなさっているの？　どうして立ち上がらないのです？　そんなに手間取って、絵はがきでも書いているの？」ここから、状況は急転する。ラートはすっかり狼狽《ろうばい》するのだ。酔っ払い、ローラのベッドに上がり込むに至り、スキャンダルのせいで、数日後教職を追われる。ほかに仕事が見つからないものだから、飢えないために、ローラの宣伝絵はがきをホールの人前で売らざるを得なくなる。

「哀れね、あの男は気の毒だわ！——とシモーナは宣伝《コマーシャル》の中休み中にコメントした——もう元の彼ではないのね。誰かがこれほどひどく落ち込むことがありうるとはとても信じられないわ。どうやって立ち直るのか知りたいものね。」

「もうとても駄目だわ——とマリーア・ベッラヴィスタが冷たく答えた——男がこういう女のためにのぼせると、運命はそれで決まりなのよ！」

第二段階では、嘆きの天使の仲間が巡業に出かけ、ラートは道化師に変装して、手品師の助手を勤めている。五年後に、ショーは生まれ故郷の都に戻ってくる。貼られたポスターがショーの開演を告げている。期待はものすごく大きい。劇場の座席はぎっしり満員だ。市長、ギムナジウムの同僚たち、先生の元の生徒たちが出席している。公衆の高笑いを浴びながら、彼が登場する。しかも、彼がちょうど入場しているとき、舞台の袖の後ろで一役者がローラを口説き始める。ラートはそれに気づき、雷にうたれたように立ちつくす。そうこうするうちに、手品師は円筒から一羽の鳩を引き出す。そして、彼は頭上で卵を割ってから、その鳩にコケコッコーと鳴かせる。ラートは当初は拒否するが、それから、若者がローラに口づけするのを見て、恐ろしいコケコッコーを発して、舞台裏に突進し、不実な伴侶を絞め殺そうとする。翌日、彼は難破船の生存者みたいに、教室の教卓に摑まって死んでいるのが見つかった。

《終》の文字が大写しされ、みんな押し黙っている。けれども、みんなは同じことを考えていた。ベッラヴィスタ先生はこのラート先生にほかならない、と。実際、彼もたいそう若い女にのぼせ上がったし、彼も遅かれ早かれコケコッコーを叫ぶことであろう。

「ほんとうにこの映画は怖いね！——とシモーネがまたもコメントした——でも、あまり信じられないわ。この年齢の男の人、とりわけ教養のある人がこんな状態に立ち至ることはよもやあるまいね！」

「いや、ないものですか！——とマリーア・ベッラヴィスタはもう我慢し切れずに爆発した——プレイボーイにはこんなことは起こり得ないでしょうが、こういう先生のような未熟者にはありがちなのよ。こういうことは手近にあるわ。この男は晩年にセックスを発見して、しかももうその牙《きば》から逃れられなくなってしまったのよ。」

「そうですとも（Jawohl）——とカッザニーガ夫人が賛同した——でもつまりは、彼がみんなから思われているほど賢明ではなかったということだわね。この嘆きの天使がドイツ人だということを残念に思うわ。ごめんなさい。」

「イタリア人かドイツ人かは問題じゃないよ——と夫がベッラヴィスタを横目で見ながら彼女を慰めた——むしろ、あきれさせることは、彼の不可能なもくろみをもった人生さ。嘆きの天使は私たちの誰をも待ち伏せているんだ。遅かれ早かれ、襲いかかるだろうし、そういう日は、私たちが生きたままそこから脱出する方法を見つけられるか否かにかかっているのかもしれないよ。」

第14章　よろめき

「ジェンナーロ、ちょっと話があるんだが。」

「どうぞ。うかがおう。」

「ここじゃなくて、むしろ、コーヒーでも飲みに行こうよ。今日は私がおごる番だ。」

「いや、君は間違っている。私がおごる番だ。昨日、君が支払ったじゃないか?」

「分かった。さあ、行こう。」


早朝で、まだ六時半にもなっていなかった。カッザニーガは他日ベッラヴィスタにどう言ったものかと考えあぐねてほとんど眠っていなかった。そして、今そこで、これまで以上に戸惑って、どう切り出したものかも分からずに黙りこくっていた。ベッラヴィスタのほうでも、今回の会話を飲み込んでいた。カッザニーガが『嘆きの天使』について語るために早朝に訪ねてきただろうことは確かだったのだ。事実、昨晩約束したとき、ちらっと横目で見ただけで、友人が自分に言いたがっていること、しかし明らかな理由から、その場では言わなかったことが何かをすべて直感していたのである。

いつものように、ふたりはメルジェッリーナのバルに出かけ、早朝で寒かったにもかかわらず、戸外の席を取った。この時間の店はまだほとんど人気がなかった。馴染みの客はおろか、ツーリストはもっと少なかった。市の清掃班の従業員ひとりだけがカウンターに立ち、仕事を開始する前にそそくさとカプチーノにクロワッサンを浸けて食べていた。

「博士にミルクコーヒーを一つ、私にコップ入りを一つ」とベッラヴィスタは入り際に注文し、それから、ボーイに追加を頼んだ、「私のには甘味料を入れてください」。

先生はメルジェッリーナのバルでは馴染み客だった。ちなみに、彼はカウンターではなく、テーブルで割引料金を支払っていた。こういう特権は主に二つの理由からだった。第一に、三十年以上この地区に住んできたこと、第二に、教養人士で敬意を払われるべきだと見なされてきたからだった。

コーヒーを飲み終わり、ベッラヴィスタは静かに座ったまま、カッザニーガの説教を待った。ところがどういうわけか、友人は攻撃に移るのをためらうのだった。

「さて――とベッラヴィスタが促した――たしか君は私に話があったはずだが。」

「うん。君に言いたいことはいっぱいあるんだが、何よりも今ひどく胃が具合悪くってね、痛くてたまらないんだよ。」

「あれまあ、レナート。それは心配だな――とベッラヴィスタは驚いた振りをして叫んだ――私が何かひどいことでもしたのかい?」

「いや、ジェンナーロ、冗談は止してくれ。注意して聞いておくれ。まず知ってもらいたいのだが、私が言おうとしているのは道徳の問題じゃなくて、品性の問題さ。昨晩、私たちは私の家で『嘆きの天使』を観たね。それで、あの哀れな奴《やっこ》さんがどんな結末に終わったかを、君ははっきり悟ったかどうか、と……。」

「……うん。でも、あれは映画に過ぎないよ……。」

「……いや、ジェンナーロ、あれは映画だけじゃなくて、むしろ、君の人生でもあったんだぞ！私たちみんながそう思った……みんながね。たとえば、後半部分では、私は主人公の顔よりも、君の顔を見つめていたんだ。そして、彼が滑稽なことにはまり込むほど、同じ状況になった君のことを想像していたんだ。君がトマトみたいな赤い鼻をつけて、絶望のコケコッコーを叫んでいる様子をね。」

「ねえ、レナート――とベッラヴィスタは平然と答えた――私は君がこんなことを私に良かれと思って言ってくれているのは承知している。でも、いいかい、私と君とは人生観もかなり違う……。」

「……いやいや――とまたもカッザニーガが遮った――そんなことは関係ないんだ。さっきも言ったが、私の心配していることは君の道徳観じゃなくて、君の品位なんだ。君にはっきり悟ってもらいたいんだが、今君が陥っている唯一の危険は、地獄じゃなくて、滑稽なことなのだよ……そんな危険の中に君は巻き込まれているんだ。君と少女との関係は秘密どころか、正反対なんだ。君の奥さん、私の女房、私の娘、私の婿《むこ》、サヴェーリオ、サルヴァトーレ、パッサラクワ博士、ルイジーノ、そのほか十分ごとに守衛室に立ち寄る者全員に知られているよ。困ったことに、細々したことまで知られているんだ。君が十八の少女をサヴェーリオの家に何度引き入れたか、どれくらい長くそこにいたか、そこでどんなことをしていたかを、みんな知っているんだぞ。要するに、君はもっと慎重にならねばならない。」

「老人の用心は淫乱より卑猥だ」と、ベッラヴィスタが薄笑いを浮かべて言い返した。

「そうかい、いつまでも悪ふざけをしなさい——とがっかりしてカッザニーガがコメントした——でも、私の立場にもなってくれたまえ。年端のいかぬ少女にのぼせた友人がいたら、君ならどうする？きっと助けようとするだろう。それとも、せめて正気に戻してやろうとするだろう。もちろん、そんなもの俺の知ったことではない、何の関係もない、と私だって言えるかもしれない。しかし、事態は私よりもきついんだ。私はどうしても君を助けなくちゃ！」


そうこうしているうち、ベッラヴィスタはカッザニーガを見ないにせよ、まるで聞く必要もないかのように、目を閉じてしまった。

友人が自分に言わんとしていたことは、すでに自分で十分に承知していた。ジェシカに最初会った日から、自分の問題に気づいていたのだ。彼女の運動選手らしい体、ほっそりした脚、超ミニの鼠蹊《そけい》部、見え隠れするへそ、これらが彼の脳裡に不発弾のように焼きついていたのである。とにかく、カッザニーガから言われたすべてのことに同感だったのだが、彼は正しく行動することにこれまで以上に確信があったのである。しかし同時に、カッザニーガのように、三十五年間アルファロメオのような会社で立派に勤めあげてきた、非の打ちどころがない真面目人間から、理解されることがあり得ないことにも気づいていた。でも、今何か言わずにはおれなかったから、こう始めるのだった。

「ねえ、レナート、今度は答える番だから、私の言うことを黙って聞いておくれ。私には理由があることを分かって欲しい。こんな理由は簡単に理解できるわけがないだろうけどね。」

それから、椅子を友人のそれに近づけて、こう切り出した。

「ところで、第一に言っておくと、私は君には悲しいニュースを持っているんだ。ごく元気のよい、しかも信望の厚い人物から知ったことなのだが、私たちはみな死なねばならないらしいんだ。『ジェンナーロ、――と私に言ったんだ――この世に確実なことがあるとしたら、私たちがいつか死なねばならない……みんなが……最初の人から最後の人まで……どうやって、いつかは分からないが、死なくてはならない』。ところで、君はどうかしらないが、私は少なくとも日に三回は死のことを考える。朝、バルに行くために降りるとき、私はこう自問しないでは居れない――『知っているかい、ベッラヴィスタ先生が死んだよ。毎朝彼はここにやって来て、私のところでコーヒーを飲んだ……いつも人工甘味料と一緒に……彼は血糖に問題があったんだ』。それから、私がいつかどんなやり方で死ぬかを考えてみる。梗塞《こうそく》であれば、できれば睡眠中にと望みたいところだ。要するに、私は死を恐れないが、その思いが私を圧迫するんだ。みんなと同じように、苦しむことだけが怖いんだ。私の最期の瞬間が明かりの消えるみたいだとしたら、それもけっこう。いつでもオーケーだ。でも苦痛だけはいやだし、ご免こうむりたい。回避できるのなら、死の助けでも考えたいところだ。私の考えでは、文明国なら安楽死を法律で定めるべきだ、少なくとも、一定の年齢になった者にはね。他方、死が辛いものでないことも確信しているんだ。私は何人も死ぬのを目にしてきたが、誰ひとりとして、苦痛の叫びをあげたりはしなかった。そういう今際《いまわ》の瞬間に、死にかけている人はたんに眠り込んだだけという印象をいつも抱いてきた。人が生まれるときは逆に、まったく反対のことが起きる。新生児は泣き止まないし、どうしてこれほど絶望しているのかと尋ねるわけにもいかない。これから人生で生ずるに違いないすべてのことをすでに知っているのか、とも思えるほどだ。要するに、私たちに喜ばしかろうがなかろうが、事態はこうなんだ、――私は七十歳になっているし、統計上、私はもう五年生きられるはずだが、うまくすればもう十年、あるいは十五年も生きられるかもしれない……。」

「でも、君はいったい何が言いたいのかい？――とカッザニーガが遮った――寿命は今日、延びる一方だ。Ｐ66ＳＨＣだ。ソール・ベローは八十四歳でも父親になった。しかも、私たちを老化させる遺伝子も発見された。この遺伝子を除去することに成功すれば、私たちはみんな百歳を超えて生きられるだろう。ラットでこういうことはすでに実験されてきたし、どうやら上首尾のようなのだ。」

「いや、それは知らなかった――とベッラヴィスタは疑い深そうに答えた――私は自分をラットとは思わないが、それを別にしても、九十歳以上生きられるかどうかは確信がないよ。よぼよぼして生き永らえると考えるだけでも、私は死よりも恐ろしい。他人にすっかり依存しなくてはならない、ごく些細なこと……足の爪を切るにも、腰が曲がらなくて……といった事態を想像してみたまえ。だが、私にもうたった五年、十年、または十五年残されているかどうかを別にしても、これらの年月が素早く過ぎ去る点では大差ない。《メリー・クリスマス》を祝ったばかりで、早くも《復活祭おめでとう》を言わざるを得ない。しかも、あの世については何も知られていない。永遠の生が存在するのか否かは、ずっと謎のままだ。唯一確実なことは、私たちが何千匹ものうじ虫で食べ尽くされるであろう……かなり狭い穴が私たちを待っているということだけさ。」

「もういい！――とカッザニーガが抗議した――『嘆きの天使』の話に戻ろうよ。」

「いいかい、君は私の話を聞こうとしない。君は現実に目を向けるのを拒んでいる。でも、君が信じているのは映画だけらしいから、例外的な素晴らしいやつを君に推薦させておくれ。ジェームズ・ジョイスの『ダブリン市民』からジョン・ヒューストンが映画化した『ザ・デッド「ダブリン市民」より』（*The Dead*, 1987）だよ。」

「そのタイトルからして——とカッザニーガは皮肉った——コミック映画ではなさそうだな。」

「そのとおり。粗筋を話すとしようか。前半では別に何も起こらない。映画はお祭りから始まる。モーカン姉妹の毎年の舞踏会だ。総計二十名の紳士淑女が招待されることになっている。女性たちは神や世界について談論するのだが、男性たちはできればこっそりと飲むことしか考えない。それから、祭の終わりに、テノール歌手が唄を歌い、このときにコンロイ夫人の目から涙が流れる。夫はそれに気づくのだが、何でもない振りをしている。だが帰宅してから、夫が妻に尋ねる——『テノール歌手が歌っていたとき、お前が泣くのを見たぞ。何でそんなに感動したのかい？』すると彼女はちょっと考えてから、答える、『少女の頃、仲良しになった少年のことが思い浮かんだのよ。マイケル・フュリーという名前だったわ。当時十七歳で、素敵な大きくて黒い目をしていた。彼もよく〈オーグリムの乙女〉という唄を歌ってくれていたことを思い出したのよ。』『今でも彼を愛しているのかい？』と夫は突然嫉妬して訊いた。『もちろん、違うわ——と彼女は答えた——マイケルはその年に亡くなったの。しかも、私が彼の死の原因だったと思うの。当時、私たちはものすごく愛し合っていた。ゴールウェイの田舎へ素晴らしい散歩を一緒にしたわ……ところが、ある日、彼は病気になり、私は寄宿学校へ戻らねばならなかった。私は別れの手紙を書いたわ。ひどく寒かった。出発の前の晩、私がスーツケースに詰め込んでいると、窓ガラスに小石がぶつかるのが聞こえたわ。顔を出して見ると、彼が雪に降られながら庭の中で私を待っていた。私に挨拶しにやって来たのよ。それから一週間後に彼は肺炎で亡くなったわ』。そこで、夫は妻を慰めようとして言う、『なあ、お前。人間誰しも遅かれ早かれ、この世を去らねばならんのだ。重要なことは、大きい愛がまだ心の中に残っている正しい瞬間にお別れすることだよ。大きな感動で小躍りしている心臓をもって死ぬほうが、来る日も来る日も蠟燭みたいに消えるまで萎《しな》びて行くよりましというものさ。』」

「たしかにそれはたいへん感動的だね——とカッザニーガが認めた——でも、それが僕たちの問題と何の関係があるというのだい？　ここで考えねばならないのは、死じゃなくって、生なのだぞ。」

「君はそこが間違っているよ——とベッラヴィスタは反論した——生と死は同じ現実の両面なのだ。私にも心から好きだった人たちが居たんだ。たとえば、ミミ・デラ・ガーラ、チェーザレ・スクイランテ、ピーノ・カラファート、セルジオ・コルブッチ……。彼らは多かれ少なかれ、私と同年だった。その後、次々に違ったやり方ではあるが、去ってしまったが、それでもこう自問せずにはおれない——『彼らは今どこにいるんだろう？　何をしているんだろう？　私の言うことを聞き入れてくれるだろうか？　私に会ってくれるだろうか？　彼らが私を見ても、どうして私と接触しようとしないのだろう？』と。」

「私には分からないな。君は何を目指しているんだい？」

「簡単なことさ。私が亡くなった友だちのことを挙げたのは、僕らの生命がいかに限りあるかを君に思い起こしてもらうためなんだ。ところで、君に分かってもらいたのだが、私の未来が死だとしても、私がほんの一日、ほんの一時間でも幸せであることができるとしたら、私は手をだすよ。この幸せがジェシカであれ、カティアであれ、どうでもよい。むしろ言っておくれ、私が放棄しなくてはいけない理由を。君はどうして、死刑囚に対して最期のシガレットを拒否したがるのかね？」

「君の品位を守るためさ。」

「じゃ、君の考えでは、難破者は品位があるのかい？」

「でも、君は難破者じゃない……。」

「……どうして。私も君も難破者だよ。じゃ、もう一つ別の質問に答えておくれ。海に投げ出された不幸な奴は、手が届くところにある最初の木片を掴む以外にいったい何ができるというのだい？」

「泳ぐことができるだろうよ。」

「もし或る考えに巻き込まれたとしたら？」

「何の考えに？」

「死という考えさ。この状況では、気晴らし、つまり、ほかのことを考えられるということしか、彼に出口はないよ。ところで、君の考えでは、どうして僕たちの妻が毎日ブリッジをしているのかね？　私が言えるのは、彼女らは気晴らしのためにやっているということさ。ベルルスコーニはどうして政界に入ったのか？　気晴らしのためだよ。どうして多くのイタリア人が毎晩テレビの前に座り、眠気に襲われるまでじっと動かずに見入っているのか？　もちろん、気晴らしのためさ。トランプゲーム、スポーツ、クロスワードパズル、音楽、その他もろもろの遊びが〝娯楽〟と呼ばれているのも偶然ではない。ほんとうは私たちが時間を引き止めるために全力を尽くすべきなのに、それらはまさしく時間を追い出すのに役立つからなのさ。オスカー・ワイルドも言っていた、『人生とは私たちが何か他のことを話しているうちに過ぎ去る一切なのだ』って。しかもこの間にも、恐ろしい意地悪の死神さんが私たちにじっと目を止めているんだ。『そう、そう――と死神は言う――可愛いこちゃんよ、話したまえ、気晴らししたまえ、時間は私のために働いているんだから』。これが時間なのさ。」

こう言いながら、ベッラヴィスタはカッザニーガに自分の腕時計を見せた。

「秒針が見えるかい？　前進しているだろう？　ところで、これは死なのさ。なぜか分かるかい？　とどまらないからさ。僕らはここで話したり、コーヒーを飲んだり、帰宅したりするし、この呪われた秒針はとどまらないままだ……決して……一秒たりともね。同じ速さで回転し続ける。僕たちが天上にいようと、地球の真ん中にいようと、どこにいようと、時計はいつも同じ名前をもっている。その名前と並んで、データ――一年、一日、一時間、一分……一秒――がある。ところで、気に入ろうが入るまいが、この秒は僕たちだけのものなのだ。私が時計を眺めると、死が見えるし、逆に、ジェシカを眺めると、生が見える。彼女は微笑し、私にキスし、私を愛撫し、歌い、冗談を言い、そして私は周囲のすべてを忘れてしまう。私の年齢も、高血糖症も、月末に迫ってくる下宿代のことも……私には薬品みたいなものだね。」

「で、それからどうなる？」とカッザニーガはまるでわが身に対してのように、尋ねた。

「そうなると、実践すべき唯一の活動は、気晴らしということになる。考えるべき何か、到達すべき目標、欲求すべき女性、を持つことさ。古代ギリシャには、懐疑主義（zeteticism）という哲学運動があった。その創始者はヘラクレイトスと言い、目標として、いつも何かを、それを決して見つけないという前提の下に、探し求めることに定めていた。彼が言うには、重要なことは考える時間を持たないように自分が没頭していると感じることだった。ギリシャ語ζητεῖνが《探し求める》を意味するのもゆえなしとしない。アルピニストには、山を登ることのほうが、頂上から全景を眺めることよりも重要なのだ。さもなくば、ヘリコプターで頂上に運んでもらうこともできよう。」

「でも、そういうことがその少女とどんな関係があるというのかい？」

「すぐ明らかになるよ。結末を考えないためには、私の心は大きな欲求に囚われていなければならないし、寝ても醒めても支配的な考えを抱いていなくてはならない……。」

「そして、その考えとは家族じゃないのかね？　まあ、君の奥さん、娘さん、お孫さんとか……。」

「うん、むろんそうさ——とベッラヴィスタが答えた——でもこういうのは平穏な考えであって、いつも馴染んできた考えだよ。そんなものは、私が息を引き取るまで、私に鼓動させたりはしない。逆に、暗闇の中で、サヴェーリオの家にジェシカと一緒にいると、運命から瞬間をくすねることができるような気がするのだ。その予見していなかった瞬間を、まるで天から降って湧いた素晴らしい誤解みたいに、突然摑むことができるような気がするのだ。さて、君が何か実用的な助言をしてくれるというのなら、お願いするよ。」

「うん、一つある——とカッザニーガが答えた——愛にはいつも二つの道があることを思い起こしておくれ。一つは悩ましいが、もう一つはあまり苦しまない。君にできるのなら、後者を選んでおくれ。」

第15章　アポロンとディオニュソス

「先生──とジャコモが言った──先日、ニーチェは自分がディオニュソスの化身だと確信していたと言われましたね。でもその後、『悲劇の誕生』（*Geburt der Tragödie*）を読んでいて僕は発見したんです。ニーチェによると、劇場では音楽はディオニュソスに、それとは逆に、舞台面はアポロンに属するのだ、と。そこで僕は自問したんです。監督はどの神に属するのか？　名前を挙げると、フェデリコ・フェリーニはディオニュソス・タイプだったのか、アポロン・タイプだったのか？と。」

「もちろん両方にだよ──とベッラヴィスタは答えた──フェリーニは実際、監督だったばかりか詩人でもあったんだ。この問題をもう少し厳密に検討してみよう。監督が作業するときはもう監督だけに留まらない。いつも傍には助監督とか、指導しなくてはならない役者とか、彼の指示を待っている技術屋とか、彼が必要とするすべてのものを手配しなくてはならぬプロデューサーたちが控えている。もちろん、こういう状況下では、インスピレーションや即興に訴えることは困難になる。そのうえ、撮影に際しては、各場面を科白《せりふ》やカメラワークとともに細かく定めてある台本をよりどころにする。当時映画が発明されていたなら、きっとニーチェは、アポロンの助けなくして映画はつくれない、と言っただろう。ところが、音楽の作曲家は映写室の中でたった独りで作業するから、思いのままに即興を加えることができる。私は彼らとたくさん識り合って、言えるのだが、彼らはみな例外なくディオニュソス的だったよ。」

「そうでしょうね――とジャコモは熱心にノートを取りながら言葉をはさんだ――それじゃ僕の理解が正しければ、即興的なものはすべてディオニュソス的で、あらかじめ計画されたものはすべてアポロン的と言ってよいのですね。」

「そういう固まった区分は止しにして、――とベッラヴィスタが異議を唱えた――《アポロン的》と《ディオニュソス的》の意味の説明を今回限りにしよう。オリュンポス山の主ゼウスは、尊敬されているすべての創造主たち同様に、人間たちを創造する際に、水で粘土をこねたんだ。でも傍に出来上がったのは、粘土の二つの山だけだった。理性の浸透したアポロンの山と、激情を孕んだディオニュソスの山との。ところで、君たちも逃げ道はないんだ。つまり、ディオニュソス的であるか、アポロン的であるかのいずれかなのだ――ゼウスが君らを世界に遣わしたとき、どちらの粘土をより多く入れたかに応じてね。」

「私はどっちみちディオニュソス的なんだわ！」とジェシカは深い確信をもって叫んだ。

「俺もだ」とペッピーノも彼女に負けまいとして同意した。

ジャコモだけは躊躇して決めかねていた。彼は賢明にも、どちらの性質がより適しているか正しく分かるまで待ったのだった。

「さて――とベッラヴィスタが進言した――私が君たちだったとしたら、自分がディオニュソス的だとそんなに慌てて宣言したりはしないだろうな。いいかい、やはりニーチェの言によれば、人間が

《崇高さ》に到達するのは、二つの性質が同一人の中で均等に共存するときだけだというんだ。」

「ニーチェがそんな考え方をしてもちっとも不思議じゃないと思う——とジャコモがますますこのテーマにかかわり合って、コメントした——カントやショーペンハウアーに関しては僕はかなり疑問がある。彼らはどのタイプだったのだろう？　アポロン的かディオニュソス的か？」

これに対して、ペッピーノはこの級友を横目でにらみつけずにはおれなかった。レッスンがもう終わろうとしていたのに、彼のせいで延びてしまった。このジャコモときたら神経質な性癖から、いつも見せびらかしては、退屈な質問で目立とうとしていた。二分ごとに質問し、今度は自分のせいで、カントやショーペンハウアーにまで煩らわされなくてはならなかったのだ。

逆に、ベッラヴィスタはジャコモの好奇心を満足させることができて、すごく満足した。

「ショーペンハウアーは——と彼は説明しにかかった——彼の主著『意志と表象としての世界』(*Die Welt als Wille und Vorstellung*) 第三部の中でもすでに、アポロン的とディオニュソス的が彼にとってどういう意味なのかをはっきりさせていたんだ。しかも忘れてはならないことは、ショーペンハウアーが一種の技師だったし、彼が関係した何ごとにも説明を求める人物だったことだ。だから、(技師以外には生涯で何でもできた) ニーチェとは反対に、音楽をアポロン的顕現として考察していた。彼がワグナーよりもモーツァルトを好んだのも偶然ではないのだ。とは言え、モーツァルトの音楽は彼を実際には感動させることができなかったのだが、これは仕方ない。」

「はい。そのことは全部知っています。でもニーチェがショーペンハウアーに夢中になったのはどう説明できるのでしょうか？」とジャコモがまたしても訊いた。「実際、ニーチェによると……。」

「もういいんじゃない、ガッジャー！——とペッピーノが興奮して声を上げた——その問題は次回に話そうよ。」

「よかろう——とベッラヴィスタが賛成した——でもカントについて一言だけ言わせておくれ。ちっぽけな人気哲学者みたいに彼を宙ぶらりんにしておくわけにはいかないからね。その後なら、君らに帰ってもらってよいよ。」

「でも、ほんの一言だけにしてよ」と、ペッピーノがしつこくせがんだ。

「ああ、分かったよ。カントには、アポロン的とディオニュソス的との違いは、《美》と《崇高》との違いと同じなんだ。どういうことかって？　たとえば、ジェシカが私に好きなのは、彼女の顔形が恰好よいからだとしたら、《美しい》という形容詞を使うことができる。けれども、私が彼女に惚れ込み、そのため分別をなくしてしまえば、私には《崇高な》という概念しか許されないことになる。」

「そうだろうと思うけど——とペッピーノが言明した——うちのリチェオのクラスⅢｂには、ジェシカよりもっと崇高な美女がいるよ。彼女の背中は……誇張じゃないけど、ほんとに神々しい……。」

「いったい、誰のことなの？　フランジピアネのことじゃないわよね。あのブスじゃ……——とジェシカが不快げに反論した——あの目つきじゃみんなに相手にもされないわ！」

「いや、俺には目つきなぞどうだっていいんだ！——とペッピーノが言い返した——大事なのは中身さ。」

ジェシカはこの話題にうんざりして、ベッラヴィスタに訊いた、「このアポロンはあれこれのことになんでも思い巡らしたくせに、ほんの一度も女に惚れ込んだことはなかったの？」

「もちろん、彼も惚れ込んださ。その女性はダフネと言った。」

「で、どうだったの？」とジェシカがなおも尋ねた。彼女には哲学論議よりも色恋物語のほうに関心があったからだ。

「ことの次第はこうだ。ある日アポロンが幼いエロス（キューピッド）が弓矢の訓練をしているのを見て、叱りつけた。そんな年齢でこういう武器を弄ぶのはたいへん危ないよ、と言うと、エロスは彼に自信たっぷりに答えた、『おお、アポロンの神さまよ、僕はあんたよりずっと強いんだぞ。あんたは人間たちをみな弓で射ることができるが、僕は人間たちばかりか、アポロン神だって射ることができるんだ。』そして実際、ある日アポロンがダフネというニンフとお喋りしているのを見て、エロスは黄金の矢を彼に命中させて、すぐ後で、ダフネにも鉛の矢を突き刺した。ところで、知っておいてもらいたいのだが、エロスの矢には二種類あってね。黄金の矢は恋い焦がせるが、鉛の矢は嫌悪を植えつけたのだ。そこで、どういうことが起きたかは想像に難くない。ダフネはたちどころに逃亡したが、アポロンは追いかけた。オウィディウスが『変身物語』の中で、この場景を書いており、アポロンにこんな素晴らしい詩句を言わせている——『お願いだ、待ってくれ！　おまえを追っているわたしは、敵ではない。妖精《ニンフ》よ、待つがよい！　まるで狼に追われる子羊か、獅子《しし》に追われる雌鹿のようなおまえだ。鷲に追われた鳩たちが、翼をふるわせて逃げるのにも、そっくりだ。いずれのばあいも、敵の追跡をのがれようとしているのだが、しかし、わたしがおまえを追いかけるのは、これも恋ゆえだ。……頼むから、そんなに急がずに！　逃げるのも、ほどほどにすることだ。わたしとしても、もう少し控え目に追うとしよう。』〔中村善也訳（岩波文庫、一九八一年、上巻34－35頁）〕」

「まあ、なんとロマンチックな！——とジェシカが叫んだ——それで、結末はどうなるの？」

「アポロンは彼女に追いつくのだが、彼女をわが物にしようとするちょうどその瞬間に、彼女が父親で森の神ペネイオスに救いを求めると、彼女を月桂樹に変えてしまった。」

「でも、そんなアポロンはたくさんだ！」とペッピーノが割って入った。彼にはギリシャ神話は哲学同様に興味がなかったのだ。

「いや、もうちょっと我慢しておくれでないか——とベッラヴィスタが言い返した——まず確かめておきたいんだが、君はアポロン的とディオニュソス的との違いは分かっただろうね。君はサッカーが大好きだし、スター選手たちにもいろいろあることはよく知っているよね。たとえば、マラドーナとリヴェーラではどこが違うと思うかい？」

「月とスッポンだ！——とペッピーノが躊躇なく答えた——マラドーナは本能的で、オリジナルで、とっさに反応する……。」

「したがって、彼はディオニュソス的でもあったわけだ。じゃ、リヴェーラは？」

「リヴェーラは逆に、一種の指揮者だった。フィールドのセンターに立ち、チーム全員を指揮していた。彼は言わば、図面全体を掌握していたんだ……。」

「言い換えると、アポロン的だったことになる。私は今日のサッカー選手たちのことはよく知らないが、君はエキスパートだから、以前の選手の名前もきっと知っているだろうね。だから、私がほんの二人の名前を挙げるだけで、君としては彼らがアポロン的だったかディオニュソス的だったか答えられるだろう。シヴォリから始めようか。」

「僕は彼のプレイを見たことはないけど、聞いたところでは、ディオニュソス的だったらしい。」

「じゃ、アルタフィーニは？」

「同じさ。」

「じゃ、ベッケンバウアーは？」

「これ以上アポロン的ではあり得ないくらい、アポロン的だった。」

「マッゾーラは？」

「アポロン的。」

「ロナルドは？」

「ディオニュソス的。」

「ペレは？」

ペッピーノは答えるのを躊躇したので、ベッラヴィスタが先取りして言った、「アポロン的でもディオニュソス的でもあった。つまり、崇高だったのだよ。」

第16章　テクノロジー・ギャップ

ジャコモはもうノートにメモをしようとはしなかった。父親からノートパソコンを贈られ、これしか使わなかったからだ。お祝いのはがきを書かねばならないときでさえ、彼はまずコンピュータに打ち込み、それからそれをプリント・アウトして送るのだった。

「このＰＣ（パソコン）はすごいです」と言って、ベッラヴィスタに誇らしげに見せた。

「ＰＣって！――とベッラヴィスタが訊いた――イタリア共産党（ＰＣ＝Partito Communista）がそれと何の関係があるのかい？」

「いや、ＰＣとはパソコンのことです。ペンティウムⅢと言って、８ギガビットのハードディスクと、１２８メガビットのランダムアクセスメモリを備えているんです。爆弾そのものですよ！　以前はライトでやっていたのが、今日ではワードに移り、ウィンドウズ98Ｂを使っているんです。僕のＥメール・アドレスを使いたいのでしたら、“gaggià chiocciola mail dot it.” にしてください。」

ベッラヴィスタは何のことか分からなかった。とりわけ、“chiocciola” は彼にとって謎だった。ラテン語やギリシャ語起源の言葉を《アメリカ式に》発音するという醜悪な用い方は言うまでもなかった。《マスメディア》の代わりに、《マスミディア》と言ったり、《ミクロソフト》の代わりに《マイクロソフト》と言ったりするのが嘆かわしかった。彼はすぐ反対して言うのだった——media はラテン語 medium の複数形だし、ミクロス（μικρός）はギリシャ語に由来していて《小さい》を意味するんだ、と。イタリア語を英語からの概念で詰め込み、しかも間違った発音をするというこの風習が彼をひどくうんざりさせていた。そして、新しい概念をいろいろ備えたコンピュータが、彼をひどくぐらつかせたのである。生徒を眺めていて、何か地上以外のものを相手にしているような気がしたのだった。

「いったい、そんなもの何の役に立つのかい？」と彼はＰＣを指し示しながら、訊いた。

「情報検索するために。」

「情報検索だって？」

「ええ、情報検索のために。情報検索くらい刺激的なものはありませんよ。僕の間違いでなければ、古代ローマ人も『航海は欠かせないが、生きるのは必要ない』（navigare necesse est, vivere non necesse）って言っていたのではありませんか？」

「うん、彼らはそう言っていたが、でも、彼らはインターネットを指していたのではないと思うよ。でも、ちょっと見せておくれ。どうやって情報検索するんだい？」

「それは簡単なことです——とジャコモが説明した——昨日、僕はプラトン全集を走査《スキャニング》しました……。」

「何をしたって？」

「スキャニングしたんです。」

「どういうこと？」

「プラトンの対話を全部取り出し、スキャナーにかけました。」

「スキャナーにね。今では私のほうがはるかに抜け目ないよ。」

「いいえ、スキャナーとは複写機みたいな作用をする機械なんです――とジャコモは、まるで精神障害者と話しているかのように、説明した――ただし、それはテクストを複写するのではなくて、それを記憶するんです。それから、どんな質問を次々にされても、ＰＣは答えられるのです。お分かりですか？」

「はっきり言って、分からないな」と、ベッラヴィスタは屈辱的に答えた。

「いいですか、先生。これは至極簡単なんです。プラトンの作品で何かご質問はありませんか？」

「よろしい。それじゃ、霊魂は二頭の馬に引かれた馬車みたいだとプラトンはどの対話篇で主張しているかい？　一頭は翼のそろった完全な魂であって、人を高く運び、真理の平原を散歩させようとするが、もう一頭は欠陥のある馬であって、深淵へ引っ張り込むんだ。」

「これほど簡単なことはありませんよ――とジャコモは答えながら、うまくやれることにすっかり満足の様子を示した――キーワードを見つけるだけでいいんです。《完全な魂》を試してみましょう。」

言うやいなや、彼が《真理の平原》を叩くと、画面に《プラトン全集、岩波書店、一九七四年、第五巻、『ファイドロス』二四六Ｂ－二四七Ｅ、一八〇－一八一頁》が現われた。ベッラヴィスタは言葉を失った。だが、機器の言いなりになりたくなくて、必ずしも満足していない、と打ち明けるのだった。

「うん、そのとおり。『ファイドロス』という対話の中でプラトンは霊魂について述べているが、そんなことは誰でも周知のところで、君のコンピュータがそれを引き当てたところで私は驚かないよ。それじゃ、この哲学者が男の霊魂がよくできていないと、生きている間に女の身体の中に移動し、そしてこの第二の身体の中でも失敗すると、今度は動物の身体の中に移動すると述べている個所を探してみようじゃないか。」

「何の問題もありませんよ――とジャコモは言って、相変わらず誇らしげにPCに向かった――ただし、先生がキーワードを示してください。対話の中で頻出するわけではないが、今発見しようとしている個所に特徴的な言葉を一つ。というのは、《女》とか《動物》とかの項目を探すと、無数の指示が現われますからね。そうなったら、お手上げです。プラトンが述べていた正確な文面でも憶えていませんか?」

「よろしい。彼はこう言っている――『……しかるべき時間を立派に生きた者は、自分の伴侶なる星の住処に帰って、幸福な、生来の性に合った生活をすることになるであろうが、それに挫折すれば、第二の誕生で女の性に変わるであろう。また、そのような状況にあって、なおも悪を止めることがないなら、……それに類した野獣の性に変化し、……変転を重ねて、苦労の絶えることがないであろう。』〔種山泰子訳〕」

「それじゃ《変転》で試してみましょう。」

するとまたしてもコンピュータは面目を施したのだ。画面に《プラトン全集、岩波書店、一九七五年、第十二巻、『ティマイオス』四二B－C、五八－五九頁》と現われてきたのだ。

「それじゃ、私の理解が正しければ、——とベッラヴィスタが結んだ——君はプラトン全集のどんなことでも記憶装置に入れてあるんだね。」

「もちろんですよ——とジャコモはすっかりいい気分になって答えた——先生も遅かれ早かれ書物はもう印刷されなくなるだろうということを甘んじて認めなくっちゃ。書物がどんな利便をもたらすことができるかを考えてみてください。一例を挙げましょう。先生はお宅にどれくらいの書物をお持ちですか？」

「うん……正確な数は分からないが、五つ書架があって、二つは書斎、二つは居間、小さ目の一つは寝室にあるよ。締めて、三千冊にはなると思うよ。」

「ところで、お望みなら、それらをコンパクトにできますよ。」

「分からんな。私の書物をどうしようというのかい？」

「まあ、お聞きください。合衆国では最近、e-ブックという五千冊の本でも収容可能な電子本が現われたんです。たった一冊のe-ブックの中に、ドストエフスキー、ゴーゴリ、チェーホフの全作品を打ち込めるのです。一見すると、e-ブックは普通の本みたいです。ただし、ページの代わりに、液体水晶の二個のスクリーンを備えているのです。左側にはあらゆるテクスト内容の目次が現われ、右側には白ページが現われて、そこではもちろん電子のペンでノートすることができます。さて、先生はどうなさいます？　お読みになりたい本、たとえば、ドフトエフスキーの『死の家の記録』（1861-62）を選んで、それが記録されている数字をクリックすると、その本の第一ページが左側の画面に現われるのです。でも、お読みになりたければ、さらに次のページに進めますし、あるいは、興味のおありのテーマを探すこともできるのです。たとえば、ドストエフスキーが霊魂の再生について何か書いていないかどうかをお知りになりたいとしましょう。その場合には、《霊魂の再生》を叩くだけで、画面の上に望みの断面が現われてきます。どんな利便があるか？　無数にあります。第一に、画面は光っていますから、暗闇の中でも読めます。しかも、先生の視力に適した字体を選べるのです。10ポイントが小さ過ぎれば、12または14ポイントに字の大きさを変えられます。最後に、この発明により、厖大なスペースを回復できるでしょう。たとえば、五個の書架の代わりに、おそらく五十冊のe-ブックでおさまり、せいぜい一メートルの書棚しか要らなくなるでしょう。」

「それ以前に、私は死にたいなあ」と、ベッラヴィスタはコメントした。

「どうしてです？――とジャコモが訊いた――僕には分かりません。」

けれども、先生は答えなかった。その代わり立ち上がり、背後にある書架から、赤色の表紙に金の背文字が刻まれた古い本を取り出した。

「この本を見てご覧――とジャコモに言った――エミーリオ・サルガーリの『黒いジャングルの謎』（*I misteri della jungla nera*）だ。私の父から私がリチェオのための試験に合格した一九三九年に贈られた本だよ。さて、ちょっと目を閉じて、どこかのページの上に手の平を載せておくれ。君の指の下の紙が感じ取れるかい？　少しざらざらしているが、素晴らしいのが分かるかい？　それでは、ちょっと匂いを嗅いでご覧。刺激的な匂いがしないかい？　それから、君のコンピュータを嗅いで、どんな匂いがするか言っておくれ。この違いは思うに、妻とのセックスか、ふくらましたマネキン人形とのセックスかのそれと同じじゃないかな。」

「そうかもしれません——とジャコモが言い張った——でも、新しい技術がいかに役立つかということも考えてください。仮に先生が夕方或る本を読んでいて、別の本も参照したくなると想像してください。インターネットなら、少しばかりクリックするだけで、先生が欲しておられるすべての本を自由にできますよ。」

「それじゃ、私が夕方、ベッドに寝転びながらコンピュータを腹の上に載せてクリックするありさまを君は想像できるかい？」

「それは馴れの問題に過ぎませんよ——とジャコモは手を引こうとしなかった——それに、コンピュータはアポロン的な道具であるし、触ったり、匂いを嗅いだりするのはディオニュソスと関係しているのだということを忘れないようにしましょう。」

「同感だ。たしかにコンピュータはアポロン的かもしれないが、危険でもあるよ。」

「どうして危険なんです？——とジャコモが訊いた——コンピュータは作業手段としてはこの上なく的確なものですよ。」

「もう少し説明してあげよう——とベッラヴィスタが続けた——西欧文明は西暦紀元前五世紀にギリシャで、太陽と広場（ギリシャ語の ἀγορά）のおかげで生まれた。ギリシャ人たちは太陽が出ていたときには広場に出て来て、互いに話し合ったんだ。ここから ἀγοράζειν（アゴラで人と交わる）、つまり、《創造的共鳴》という奇妙な現象が生じたんだ。」

「どういう意味ですか？」

「それじゃ、説明しよう。創造的なふたりが出会い、一方の人の言葉がもうひとりの人の頭にバウンドし、それから、増幅されてふたりは帰ることになる。こうして、創造的なふたりは、半時話し合った後で、出会ったときよりもより創造的になっている。ところで、君が液晶の画面を相手にしていても、そんなことには一切ならない。」

「いや、そんなことはありませんよ——とジャコモが反論した——インターネットの特徴の一つはまさしく情報交換、つまり、データベースと対話できることにあるのです。」

「そうかもしれないな——とベッラヴィスタが認めながらも、主張を続けた——日光浴しながら他人と会話することと、画面を前に独りで部屋の中に閉じ込もることとは違うんだ。いいかい、ジャッジャー、世界が誕生してこの方、私たちはずっと互いに敵対的な、たいていは武装した二つの兵隊を持ってきた。いくつか例を挙げると、ローマ人対蛮族、キリスト教徒対イスラム教徒、君主主義者対ジャコバン主義者、資本主義者対共産主義者、がそうだ。そして今日では、人間対遠い物《テレコージ》の対立に当面している。」

「テレコージって、誰のことですか?」

「テレコージとは、コンピュータ、携帯電話、テレビ、ビデオ、等のことだ——とベッラヴィスタが明らかにした——で、危険はどこにあるか? 一語で言うと、孤独にある。時とともに君も分かるだろうが、この世でもっとも恐ろしいものは孤独なのだ。私たち各人は他人の仲間を必要としている。愛するためでないとしても、少なくとも、争ったり、ひょっとして、意見を交換したりするためにね。」

ジャコモは答えなかった。しかし、遅刻してやって来たジェシカは、ペッピーノ同様、ずっと黙って聞いているだけだったが、何か異議を唱えたいようだった。

「すみません、先生。少し前におっしゃいましたね、女の霊魂は男の霊魂と動物のそれとの中間にあるものだって。私は間違っているのかしら？」

「そのとおりだよ。でも、それは私ではなくて、プラトンが『ティマイオス』の中で言ったことなのだ。私の言うことを信じないのなら、ジャコモに訊いておくれ。そうしたら、彼がコンピュータで示してくれるだろうから。」

「分かりました。信じます。でも、私が思うのに、あなたたち三人は恥知らずのグループだわ。あなた、ジャッジャー、そしてとりわけ、男性優位主義者プラトンはね。いいですか、先生は私をごまかそうとしましたね、たとえばペッピーノの霊魂はたまたま男に属するというそれだけの理由で、私の霊魂より高く飛ぶのだって。」

「何だと？——とペッピーノが侮辱されて抗議した——お前が俺の霊魂のことを知っているというのかい？　そんなもの、高く飛ばそうが……低く飛ばそうが……お前の知ったことか？　手前の狂った霊魂のことでも心配しろ！」

「もう結論が出たね、君たち。それじゃ、レッスンを始めるとしよう。」

コンピュータの事柄はベッラヴィスタにとり、まったくのトラウマだった。彼にはタイプライターに習熟することさえ、大変な努力を要したのだった。インク瓶の中にペン先を浸けるのは、彼にとり小学校時代を想起させる快楽だった。たとえば、インクをひっくり返して、靴やソックスを汚して帰宅した日のことを忘れることは決してないだろう。先生のロザーティ夫人は彼が泣き出すのを見たとき、級友たちから笑われないように、傍に座らせたものだった。ところが今日では、小学生たちはコンピュータをリュックサックに入れ、携帯電話をポケットに入れて通学しているのだ。

携帯電話に関しては、ベッラヴィスタが最近ローマの教育省に赴かねばならなかった、列車の旅のことに言及しなくてはなるまい。

倹約するために、彼は急行のユーロスターの代わりにインターシティーに乗った。もちろん、三十分よけいにかかったが、年金生活者にとっては、三十分は実際上なんでもなかったのだ。良書を一冊旅行カバンに入れて行くだけで、時間を快適に費やすつもりだった。彼はハイデッガーの『存在と時間』(*Sein und Zeit*)を携行した。もちろん、これは平易な本ではなかったが、往復かけて、通読しようと考えたのだった。だが、携帯のことは気にかけていなかった。

彼の車室《コンパートメント》にはほかに三人が居り、三人とも携帯を持っていた。最初の呼び出し音を耳にしたとき、三人ともがまるで西部劇の殺し屋たちみたいに、右手を即座にポケットに入れるのが見られた。《呼び出された当人》は、彼の横に座っていた紳士だった。

「ところで、この無作法者はどんな重要なことを話さなくてはならないのか、聞きたいものだ!」とベッラヴィスタは思い、読書を中断した。

その《無作法者》は彼の妻と話をした。「チャオ、カーラ……うん、うん、……ちょうどアヴェルサを通り過ぎたところだよ。」

こういう下らぬことが起きたのは、いったい誰の責任なのか？とベッラヴィスタは考えた。呼び出し人のほうか、呼び出される人のほうか？　もちろん、呼び出される人だ。教会、映画館、レストラン、車室に入るときには、第一になすべきことは携帯電話の電源を切ることであるはずだ。一方、よく考えてみるに、呼び出す人にも罪はある。なぜなら、迷惑をかけるかもしれないと承知していたら、緊急の場合にだけ電話すべきであろうからだ。たとえば、《家が火事だ！》とか、《奥さんが自動車事故に遭い、病院に運ばれたよ》とか、のような。

　だが、ベッラヴィスタが読書を再開しようとすると、二度目の携帯の呼び出し音が響いた。今回は真向かいに座っている若者だった。

「おお、チャオ、テレサ。君の声はなんてきれいなんだ……今ローマへ行く途中さ……いや、今列車の中だ……うん、うん……君のことばかり思っているよ……。」

　要するに、恋人というか、ラテン的愛人（Latin Lover）だったのだ。話しに夢中になっていたことからはっきり分かったが、彼には携帯が一種の性の人工的補欠物になっていた。

「若いの——とベッラヴィスタは彼に話しかけたかった——あんたがそんな大声で話されちゃ、どうして私がハイデッガーに精神集中できようか？　携帯で呼び出されたら、せめて立ち上がって通路に出て話すのがマナーというものではないかね。とりわけそんなプライヴェートな、親密な会話の場合には。」

もうこれ以上邪魔されないために、ベッラヴィスタは自分の周囲に絶対の沈黙が回復するのを待つことにした。ところが、どうだろう。入れ替わりに三番目の携帯電話が鳴った。今度は《呼び出された当人》は証券会社員だった。売りや買いについて指示を出したが、もちろん、会社名を名乗ることはしなかった。

「うん、それはオーケー……上昇するだろう……いや、いや、それは駄目……まっぴらご免だ……君のロビーをしっかり守ってくれ……。」

ロビーが何のことか、ベッラヴィスタには分からなかった。彼は株については全然知らなかったから、国債に貯金を投資したこともなかったのである。もちろん、少々の投資なら危険を犯すことはできたであろうが、この某氏が名乗らない以上、どの証券が有望で、どれが危険なのかを知る由もなかった。

とにかく、旅の間ずっと携帯がやり取りされ、例外なく大声で話されるのだった。もっともよくかかってきたのはラテン的愛人だった。でも彼の愛の文句は、前のとそれほど違いはなかった。

「チャオ、マヌエーラ。具合はどう？……君の声はすてきだよ……今ローマへ行くところさ……いつも君のことしか思っていないよ……。」

三回目の電話がかかってきたとき、ベッラヴィスタは彼にこう話しかけたい気分に駆られた、《ひとつお尋ねしたいのだけど。あんたはテレサのことしか思っていなかったのでは？》

こういう状況が続いて、とうとう四番目の紳士が、ベッラヴィスタが沈黙しており、携帯を持ち合わせていないのを見て、自分の携帯を差し出して言った、「すみませんが、あなたは携帯をお持ちじゃないですね。よろしければ、私のを使って、お宅におかけになってはいかがです、かまいませんから……。」

ベッラヴィスタは指でうまく押すことができなかったので、この紳士は親切にも彼のために番号まで押してくれた。彼はこれまで携帯を使ったことがなかったので、キーボードは彼には謎だったのだ。妻が呼び出しに出てきた。

「チャオ、カーラ。ジェンナーロだよ……うん、今列車の中だ……うん、アヴェルサを通り過ぎたところだ……。」

第17章　彼女のことを思いながら

浴槽はやはりベッラヴィスタにとって夢見るための指定の場所だった。一日とて、浴槽に浸からないことはなかった。経過はいつも同じだった。明かりを消し、お湯が顎《あご》に達するまで待つのだった。三分間、多くて五分もすると、ジェシカがますます魅力的に、これまで以上にセクシーになって彼の前に現われる。近づき、微笑し、彼を見つめ、浴槽に入り、傍に寝そべり、それから、彼にキスと愛撫を浴びせる。もちろん、彼女は全裸だ。でも、一つのことを明らかにしておくと、ベッラヴィスタはいかなる形の自慰も行ったことがなかった。ただ、思案し、想像し、あれこれ空想するばかりだったのである。

六時。家の中はひっそりしており、大通りからの騒音も届かない。朝の交通にはまだ早過ぎる。この時間には、ナポリは妻と同じく眠っているのだ。普通、マリーア夫人が起き上がるのは十時頃になってからなのだ。それで、この時間差のある目覚めのおかげで、彼はもう十年このかた、朝食を独りで素晴らしい静寂の中に堪能できているのである。正確には五時半に目覚め、まずチャンネル5のニュース番組を眺め、入浴し、メルジェッリーナに出かけてカプチーノを飲み（血糖症のためにクロワッサンは摂らない）、「コッリエーレ・デッラ・セーラ」、ときには「イル・マッティーノ」も買って、帰宅し、居間のソファーに寝そべりながら、じっくりと新聞に目を通すのだ。

もちろん、たった三時間だけなのだが、それでも彼がまだ餓鬼だった頃のように、再び自由を満喫するのには十分なのである。

とはいえ、いつも万事がすんなりと運ぶとは限らない。たとえば、先週も妻がなぜだかは神のみぞ知るだが、夜明けに起き上がり、彼がまだ浴槽に浸かっているときに突然彼を驚かせたことがある。あいにく、彼はドアの鍵を掛けるのを忘れていたのだが、彼女は突然明かりをつけて、彼の前に立ったのだった。

「こんな暗闇で、いったい何してるの……?」

「いや、別に。ちょっと考えごとをしていたんだ。」

幸いなことに、彼女はジェシカが彼の傍に全裸で寝そべっているのには気づかなかった。

逆に、ほかの場合には、やはり彼がお湯に浸かっている間のことだが、自分自身がセクシャル・ハラスメントで訴えられているありさまを思い浮かべる。この場合、裁判官の役をし、丸帽をかぶり官服を着用してめかしこんでいるのは、隣人のカッザニーガ博士である。

「あなたは一九二九年十一月二十八日生まれの、公務員年金受給者ベッラヴィスタ・ジェンナーロですか?」

「はい、そのとおりです。」

「では、真実をありのままにすべて語り、真実以外のことは何も話さない、と誓ってください。『誓います』と、言ってください。」

「誓います。」

「あなたは未成年者マントヴァーニ・ジェシカと肉体関係を持った科《とが》で訴えられています。これについて何か申し開きすることはありますか？」

「第一に、そのマントヴァーニ・ジェシカは未成年ではありません。もう十八歳になっております。」

「十七歳も十八歳も大差ありません——と裁判官カッザニーガが反論した——あなたより約五十歳も若い無防備な少女に対して猥褻《わいせつ》な行為をしたことが問題なのです。」

「ちょっとお窺いしますが、裁判官殿。この少女は無防備な子供なぞではありません。ここの誰かが無防備だとしたら、私こそそうですよ！」

「今は誇張しないようにしましょう！　私の手元の調書では、あなたはマントヴァーニ・ジェシカをヴィーア・カンピリオーネ四十七番地のデ・ピスコポ・サヴェーリオなる者の中二階に誘い込み、淫行に及んだとあります。間違いありませんか？」

「はい、そのとおりです。でも、私は激しく挑発されたのです。」

「どのように？」

「第一には、絵画でです。」

「『絵画で』とはどういう意味ですか？」

「裁判官殿、ひょっとしてドメニコ・モレッリの『聖アントニオスの誘惑』と題する絵画はご存知でしょうか？　ところで……。」

「ああ、またしてもあなたはドメニコ・モレッリのこの絵をもち出すのですね。これについてはすでに先週話しました。あなたの忌まわしい行為の理由を語ってください、あなたに何か、とりわけ、もっともな理由でもあるのならば。」

「裁判官殿、今私はどうご説明すべきか分かりかねますが、私がマントヴァーニ・ジェシカのことをいつも思ったとしても、それが私の罪でないことはお誓い致します。私は彼女と一緒にいると、もはや七十歳ではなくて、四十四歳になるのです。」

「どうして、四十四歳になるのですか?」

「70＋18＝88です。ところで、88割る2は44です。でも、彼女、このマントヴァーニ・ジェシカは悪魔的で……私を挑発するのです。私を眠らせないようなことを言ったりして……たとえば、今日も浴槽の中で、恐ろしいことを囁きました……。」

「何を言ったのです?」

「いつも私のことを思っており、彼女は以前のようにもうシャワーを浴びたりしないで、私と同じように浴槽に入る、と。今朝も彼女に訊いたんです、『浴槽の中にいて、何を考えるの?』と。すると彼女は答えました、『私たちがネッキングしているのを』と。これは若者の隠語で、いちゃつくという意味です。」

だが残念ながら、現実のジェシカはベッラヴィスタが空想したジェシカとはひどく違っていた。実は少し前から、彼女は彼から逃げていたのだ。彼はまたも彼女をサヴェーリオの家に連れ込もうとしたが、彼女はもちろん、反抗した。はっきりは分からなかったが、彼にはもう約束するのに必要な時間さえ残っていなかったのだ。彼女が五分だけ前にレッスンにやって来るか、五分だけ遅れて帰るだけでよかったはずなのに、そうはしなかった。彼は一度、ウインクしてみたのだが、彼女は気づかぬ振りをするのだった。どうしたものか？　彼女の家に電話をかけることはしたくなかった。それに、彼女のほうから電話があったとしても、何か哲学上の問題の説明を求めるためだった。その後、レッスンでは彼女は級友たちから離れることをしなかった。だから、ベッラヴィスタとしては彼女が下校するのを待ちかまえて、たまたま出くわした振りをするしかなかった。もちろん、生徒が最初の約束をするときみたいに、リチェオの出入口のすぐ傍に陣取ることはできなかった。五十年も遡るようなことに思えたであろう。しかも道中でも、彼女とコンタクトを取るのはそうたやすくはなかった。実際、ジェシカは独りぼっちで下校することは決してなかったのだ。いつも少年少女の群れに囲まれていたのである。問題なく彼女に接近するためには、彼女が友だちと別れるまで待たねばならなかった。

ベッラヴィスタはリチェオから百メートルも距《へだ》たっていない、ヴィーア・カルドゥッチと平行のヴィーア・ニスコで待ち伏せした。少女が帰宅するためにはそこを通らねばならないことを知っていたからだ。スーパーＵＰＩＭの前の、公衆電話の傍に立ち、期待しながら待った。

はたして彼女が通りかかった。二人の級友の間に居り、笑っていた。何のことを笑っているのかは、永久に謎のままだった。実際、彼女が何の理由もなしに、よく笑うのを見かけたのだった。真剣な論議、重大な問題に対決することは、彼女は一度もなかったのだ。彼は政治のことは考えていなかった。そんなことはまっぴらだ。そうではなくて、日常生活についてのちょっとした反省、彼女が前の晩テレビで観た映画のことだった……でも、何でもなかったのだ。

とうとう、彼女が級友のガールフレンドと別れて、通りを横断するのが見えた。彼が彼女に向かって数歩進むと、突如一台のメルセデスが道を遮断し、彼女の真ん前に停車した。車の中には、ジアーダと二人の若者が見えた。少年たちのうちの一人がジェシカに乗らないかと誘った。彼女が乗ると、車はタイヤをきしませながら走り去った。ベッラヴィスタが道路の真ん中に一本の樹木みたいにじっと突っ立っていると、レッカー車が移動するために、鋭いクラクションを鳴らした。

何のことはない。四時になれば、自宅でレッスンの折に彼女には会えるのだから。

第18章　自動車泥棒

ペッピーノとジャコモは遅刻した。彼らが到着したときには、もう四時半を過ぎており、しかもジェシカは一緒でなかった。ベッラヴィスタが、どうしたのかとわけを訊いた。

「二十分間地下鉄の駅で待ったけど、ジェシカは見かけなかったんです――とジャコモが答えた――携帯で呼び出したのに、応答がなかったんです。」

「よろしい――とベッラヴィスタは言った――もう五分待って、それから始めよう。今日はハイデッガーだったね。」

「ああ、またしても石頭だ！」とペッピーノのコメントがこだました。

「何だって？」とベッラヴィスタはよく分からずに尋ねた。

「理解し難い人だ、と言っているんです――とペッピーノが訂正した――とにかく、学校ではそう言われてきたんです。みんなの中でもっとも難物らしいですね。」

「たしかにハイデッガーは難物だが、でも少しばかり善意を抱けば、君だって彼の思想の基本特徴は理解できるだろうよ。それじゃジェシカが到着するまで、彼の生涯から始めようか……。さて、マルティン・ハイデッガーは一八八九年にドイツのメスキルヒに生まれた。寺男《てらおとこ》の息子だったし、多くの大思想家と同じく、彼もいくらか奇人だった。彼の母親が亡くなったとき、花輪を墓の上に飾る代わりに、自分の本『存在と時間』を置いたんだ。哲学者としても彼は常軌を逸していた。彼はたとえば、解答を出すことよりも、質問することに骨を折ったのだ。あるときフランスでの講演で、開口一番に〝哲学とは何か？〟(*Was ist die Philosophie?*) から始めたんだ。」

「それは僕も知りたいところだなあ——とペッピーノが口をはさんだ——せめて、哲学が何の役に立つのかを。それに、それは僕もずっと訊きたかった問題なんだ。」

「それじゃ、君に答えよう——とベッラヴィスタは、ペッピーノが例外的に関心を示したことにひどく満足して答えた——人生には、人が知っていることと、人が知らずに、信じていることとがある。前者は自然科学、後者は宗教だ。そして最後に、人が知らず、信じもしないが、いろいろ議論していることがある。この最後のものが哲学だよ。少しばかり実例を挙げよう。はっきりさせるためにね。水は百度で沸騰する。ところで、ペッピーノ、君は信じまいが、鍋に水を満たし、その鍋を火にかけるとしよう。見る見るうちに、最初の小水泡が出てくるが、そのとき温度計を中に入れてごらん。まさにこの瞬間に、百度を指していることに気づく。これが自然科学だ。だが、永遠の生を話題にするならば、神を信ずる人もいれば、アラーを信ずる人、マニトゥを信ずる人もいる。これが宗教なのだ。最後に、たとえば、幸福を論じるとすると、〈所有〉でもってそれに到達できると考える人や、〈存在〉でもってそれに到達できると考える人もいる。そこで、夜通しあれこれ論じ争うことになる。君が何かを言うと、私が別のことを言い、こうして話し続けることにより、ついには私たちは〈哲学〉することになるのだよ。」

「それじゃ僕の理解が正しければ――とジャコモが結論づけた――哲学とは自然科学と宗教との途中にあるものなのですね。」

「そのとおり。科学者は数にかけて誓うし、宗教家は聖書・仏典にかけて誓うが、哲学者は〈疑いの才能〉と呼べるようなものを持っているか、少なくとも持つべきだろう。実際、真の哲学者は、〈疑惑を持つこと〉(ἀπορεῖν)、〈作用を受けないこと〉(ἀπάθεια)、〈判断停止〉(ἐποχή)、という三つの枢要徳を実行しているのだ。」

ジャコモの携帯が鳴った。ジェシカからだった。

「うへぇー、何してるの、いったい?――とジャコモが訊いた――何だって?……そんな!……どこにいるんだい?……何言っているんだ……ベッラヴィスタ?……今、先生に頼んでみるよ。ともかく、君の携帯を切らないでね。」

それから、ジャコモがベッラヴィスタのほうを向いた、「ジェシカが捕まったんです。」

「『捕まった』って?」とベッラヴィスタが尋ねた。

「はっきり分からないけど、友だちと車に乗っていたらしいんだけれど、その車は盗んだものだったんです。今、バニョーリの特殊警察《カラビニエーリ》の交番にいるんです。そこのキャップはどうもベッラヴィスタと言うようです。先生、もしかして特殊警察に親戚でもいらっしゃるのですか?」

「うん、私のいとこの息子だよ。」

「ジェシカを逮捕したのは彼なんです。すぐにバニョーリに駆けつけるべきじゃないでしょうか?」

タクシーを拾い、ジェシカから二回目の呼び出しがあってから、ジャコモはことの成り行きをより正確に語った。

「今日、ジェシカとジアーダが二人の少年からバニョーリへのピクニックに誘われたんです。ところが、彼らが乗っていた車が特殊警察によって停止させられた。ジェシカが、この車は少年の一人が数分前に盗んだものだと言ったんです。それから、交番に着いて、警察からキャップがベッラヴィスタだと聞かされ、それで彼女は僕たちに電話をかけようと思ったのです。」

要するに、泥棒はベッラヴィスタが学校の傍で、あのメルセデスにジアーダと一緒に乗り込むのを見かけたときの二人の少年だった。ジェシカには罪はなかったが、哀れにも特殊警察に捕まってしまったのだ。彼女を助け出すのが、今やベッラヴィスタの仕事となったのである。

「いや、ジェンナーロおじさん！　いったい何しに来たんです？」とキャップが不思議そうに訊いた。

「いや別に。私の女生徒が逮捕されたって聞いたもので、すぐに駆けつけたのさ。」

「いや、逮捕したんじゃなくて、事情聴取に交番に来てもらったんですよ——とキャップが説明した——おじさんの女生徒は、どちらの少女です？」

「ジェシカ・マントヴァーニといって、十八歳の少女さ。」

「そんなはずはない。もう十九歳ですよ。先週の日曜日に誕生日が過ぎているから。」

ジェシカがもう十九歳になっているという報せは、ベッラヴィスタには喜ばしかった。状況は喜ばしいものでなかったとはいえ、自分はもう十八歳の少女ではなくて、十九歳の少女を相手にしているのだ、と考えざるを得なかったからだ。もちろん、たいした差ではないのだが、彼のモラルによれば、ジェシカの一年は彼の一年以上に値したのだった。なにしろ、七十歳の者と七十一歳の者とでは大差ないが、十八歳の者と十九歳の者とでは大違いだったからだ。とはいえ、ジェシカが誕生日を彼に告げなかったことは残念なことだった。仮に日曜日に彼が電話で呼び出されていたとしたら、高くついていたであろう！　彼女はもっと贈物をもらえただろうし、彼としては初めてジャコモとペッピーノの面前でも彼女にキスできたであろう。

「それで、今どうなっているの？」とベッラヴィスタが訊いた。

「そのマントヴァーニのことですか？　何の心配もないですよ、全然——とキャップが答えた——自動車泥棒は運転していた少年です。すぐに白状しました。クラスのふたりの少女を連れて行かねばならなくなったが、車がないので、ちょっと《拝借》せざるを得なくなったんだと言って正当化しています。ちなみに、この不良はすでにこの種のほかの窃盗も犯しています。彼はきっと投獄でしょう。あいにく微罪ではすみませんから。でも、ほかの子らは今日のところは釈放します。それぞれの両親を召喚するまでは留置しますが。ご存知かどうか知りませんが、未成年者とか若年者にかかわる場合には、家族の人たちに告げることになっているんです。」

ちょうどこのとき、特殊警察のひとりが入ってきた。

「キャップ、マントヴァーニ・ジェシカの母親のマントヴァーニ・アレッサンドラ夫人が階下にお待ちです。」

「待合室にお連れしなさい」と、キャップは命じた。それから、ベッラヴィスタのほうに向いて言うのだった、「ジェンナーロおじさん、夫人に話をするので五分間だけ失礼します。それに、少年たちにもちょっと説教しなくっちゃなりません。」

ベッラヴィスタが部屋を出たとき、ジェシカにすれ違った。彼女の後ろにはジアーダと、ほとんど二メートル近いひとりの若者がいた。ジェシカはベッラヴィスタを見るなり、彼の首を両腕で抱こうとしたが、とっさにそれを阻止することができた。いとこのキャップに変な考えを抱かせたくなかったからだ。要するに、彼はすねに傷をもつ身だったのだ。だが、そうこうするうちに、ひょろ長い若者が事件から距離をとり始めたのが分かった。

「キャップ、僕はこんなことには一切関係ありません。知人もひとりもいないと言ってかまいません。バスケットボールの選手をしており、ヴィルトゥスでプレイしているんです。リチェオ・ウンベルトに行き、婚約者を乗せようとしていたとき、この連中が通りかかったので、ちょっとドライヴしないかと誘ったんです。それだけですよ。」

「君はちょっと腰かけて、待っていなさい——とキャップはややつっけんどんに答えた——後で、すべてのことを順序よく話してもらうから。」

ベッラヴィスタはショックを受けていた。このひょろ長の男が《自分の婚約者》と言うのを聞いたので、それがジェシカかジアーダなのか知りたくて仕方がなかった。直接キャップに訊けたかもしれないが、自分のことがばれるのを恐れたのだった。とうとう、誰もいなくなったので、甥を脇に呼び寄せた、「車を運転していた若者は前科者だって、さっき言ったね。」

「そう。でも微罪です。」

「ほかに、このバスケットボール選手は誰とどんなことをしでかしたの？」

「誰って？　ジェシカの婚約者ですか？　いや、あれは潔白です。スポーツマンです。十分後には釈放しますよ。」


まだ〝ジェシカの婚約者〟という言葉が耳に残っているうちに、彼には最後の難題——ジェシカの母親と話し合うという順番がきた。哀れにも夫人の目には涙があふれていた。

「先生、お聞きになりました？　ジェシカが逮捕されたんです！」

「いいえ、シニョーラ。逮捕されたのではなくて、事情聴取を受けたのです。」

「ええ。でも、自動車泥棒のことででしょう。どれほど恥ずかしいことか、お分かりですわね？娘が自動車泥棒で疑われるなんて！　主人に知られたら、大事になりますわ。」

「ご主人には黙っておかれることです。」

「そんなこと、できます？」

「できますとも。誰にも喋らなければよいのです。」

「そうですね。言わないでおきます。でも、今日からジェシカの振る舞いに注意を払わなくっちゃなりませんわ。とりわけ、ジアーダというあの子とはもう付き合わないようにさせます。あの子は私には気にいらなかったんです。この窃盗を犯したあの乱暴者《テディボーイ》は彼女のボーイフレンドらしいですわ。」

「シニョーラ――とベッラヴィスタが訂正して言った――今日日《きょうび》はもうテディボーイとは言わなくて、《マッチョ》と言っています。」

「ええ。マッチョであろうとなかろうと、ジェシカが付き合う仲間に気をつけなくてはいけませんわ。出くわす最初の車にやすやすと乗ったりしてはいけませんもの。ところで、先生、ちょっとご相談があるのですが。私はもう娘とどうしても話し合えないんです。『ジェシカ、ちょっと話があるんだけど』と言うと、そっぽを向き、立ち去ってしまうのです。私には彼女が最後の拠りどころなんです。私はタクシーでくる道中でも、このことしか考えていませんでした。もう私を助けてくださるのはベッラヴィスタ先生しかおられない、って。先生はジェシカに差し向かいで話していただき、きちんとおっしゃるべきことを伝えてくださるに違いありません。誰と交際すべきか、どういう友情を探し求めるべきか、避けるべきか、などを話してやってくださいませ。先生の娘と思ってくださってけっこうです。もっと彼女の近くに身を置いてください。このごろも、何かと言いわけして……たぶん詩集を見せたいとかいう口実で……彼女を書斎に通していただき、率直に話してくださいましたね。先生、どうか私にもこの喜びを拒まないでくださいね！」

第19章　フロイト

「週末にサヴェーリオがトッレ・デル・グレコに出かけるよ――とベッラヴィスタがジェシカに言った――だから、私たちだけで部屋を独り占めできるね。」

「残念だけど、ねえ、私らの物語は終わりよ」と、彼女が答えた。

「《終わり》とはどういう意味？」

「可愛かったし、たぶんすごかったかもしれないけど、今はもうその気がないってこと。ピリオド、ストップ、クラッシュ、フィニッシュよ。」

「そんな言い方を私に面と向かってするのかい？」

「じゃ、どんな言い方をすべきなの？　あんたの膝に身を投げ出しながら？　十分以内にペッピーノとガッジャーがやって来るわよ。今言わなかったとしたら、いつ言えばいいの？」

もちろん、この通知はベッラヴィスタを深刻な絶望に陥れた。今日はフロイトを説明するつもりだったのだが、自分の意識と無意識が両方ともひどく傷つけられているのに、どうやってそれを行うべきか？

二人の少年が到着した。ジャコモは、ベッラヴィスタがしょげ返っているのにすぐに気づいた。

「先生——と尋ねた——どうかしましたか？　ご気分が優れないのでしたら、明日また参ります。」

「いや、何でもない。ありがとう、ジャコモ。気分はいいよ。さあ、時間を無駄にしないで、今日はフロイトについて話そう。」

「長くなるの？」とペッピーノは、いつものように、サッカーの試合が待っているので、訊きたがった。

「ああ、フロイトのことを詳しく語るには、まる一年でも十分ではないだろうね。でも私はせめて彼の基本概念、彼を有名にしたそれだけでも説明してみよう。まず、フロイトによると、この部屋に私たちは四人ではなくて、八人、いやたぶん十二人居ることになる。たとえば、ペッピーノをフロイトだったら、三倍に見るだろう。〈意識しているペッピーノ〉、〈抑圧されたペッピーノ〉、〈潜在的なペッピーノ〉としてね。しかも、〈抑圧されたペッピーノ〉と〈潜在的なペッピーノ〉は一人の人物に溶け込んで、〈無意識のペッピーノ〉にもなるんだ。」

「あれ、まあ！——とジェシカが叫んだ——三人のペッピーノだって？　私には一人のペッピーノでも多過ぎるのに、三人とはね！」

「代わりに俺は一人のジェシカしか見かけないなあ——とペッピーノがすぐやり返した——〈狂ったジェシカ〉をな！」

「君たち、もういいよ——とベッラヴィスタが声を張り上げて割って入った——罵《のの》り合《し》いたいのなら、やってもいいが、どうか戸外でしておくれ。今はレッスンを続けさせてもらいたい。さて、今言いかけていたように、フロイトによると、私たち各人にはいわゆる無意識な自我というもう一人の個人が居るのだが、これが今度は、抑圧された自我と潜在的な自我に区分されるのだ。」

「潜在的な自我と抑圧された自我とにはどんな相違があるのです?」とジャコモが訊いた。

「潜在的な自我は、いくつかのことを忘れてしまっているが、抑圧的な自我はやろうと欲しても、これらのことを思い出すことができない。」

「それじゃ、抑圧的な自我に思い出すのを手助けしてやれないんですか?」

「それをできるのは、精神分析学者なのだ。フロイトは精神分析、つまり心の探究法を発見したんだ。」

「《狂人の治療法》と言いたいのでしょう?」とペッピーノが単純化した。

「いや、そうではない。それは精神医学の仕事だよ。精神分析は、ほかの診断ないし治療の行為とは無関係だよ。精神分析によって、精神病患者は治らないし、健康な人びと、いやむしろ、健康だと思っている人びとも、ほんとうは知らないでいるが、病人なのだ。フロイトによると、この世で病んでいないような人は皆無なのだ。そして、彼を治すための唯一の方法は、彼に自分の無意識を意識させることにある。フロイト以前には、医者が患者の身体検査をいろいろ行ったり、患者に質問したりしていた。ところが、精神分析では、患者自身が主役を引き受けることになる。真に良い精神分析学者は、絶対に何もしない。ただじっと沈黙していて、無意識がひとりでに現われ出るのを待つだけなのだ。」

「で、それが役立つのですか?」とジャコモが訊いた。

「実はね、この方法は百年後も依然として実行されるだろうよ。何かに役立つはずなのだ。フロイトがこの作業法を発見したのも、エミーとかいう患者のおかげだった。彼女が或る日、へとへとになるほど質問されてから、彼にこう言ったんだ、『ちょっとドクター、どうか黙ってくださいな。私のことをかまわないでください！』そして、それから彼女は約二時間、心にあることを語りだしたんだ。フロイトは彼女に耳を傾けるだけだった。そして、このようにして、彼女を苦しめていた不安をすべて発見したのだ。何が起きたか？　エミーの無意識が独りであるという感じを抱いたのであり、この確信から、彼女の諸問題を語り始めたのだ。そしてそれだからこそ、治療中は、精神分析学者が患者の背後に席を占め、無意識が見られないようにしなくてはいけないのだ。」

「僕に言わせてもらえれば、――とペッピーノが結論づけた――精神分析学者は無意識をだますんだ。」

「その言い方は学問的ではないけれど、言い当てているよ――とベッラヴィスタが認めた――フロイトも言っているんだ、『心を意識と無意識に区分することは、あらゆる真面目な精神分析の根底だ』、と。でも、抑圧を無意識と混同したり、あるいはひょっとして、この二つを同一視したりする誤りを犯してはならない。この点については、フロイトは『自我とエス』(*Das Ich und das Es*)の中で明らかにしているし、本文によれば、『いかなる抑圧も無意識に起きるが、すべての無意識が抑圧だというわけではない』とある。分かったかね？」

「いいえ」と、ペッピーノがため息をつきながら答えた。

「少し辛抱すれば、すぐ分かるよ――とベッラヴィスタが励ました――心を大きなパイと想像してごらん。意識は上に乗っかっているクリームだし、無意識は下にあるイチゴだ。さて問題は、クリームに気をそらされずにどうやってイチゴにたどり着くかということだ。かくして、疑問が生じる――『誰が私たちの内で指令しているのか？　クリームか、それともイチゴか？　意識か、それとも無意識か？』」

「先生は、いったいどちらだと思っておられるのです？」

「そうだね、すべては私たちが生きている状況次第なのだ。普通の条件では――私がここで《普通の》という形容詞を用いてもフロイトが大目に見てもらいたいのだが――意識が家の主人であって、無意識には僅かなスペースしか残さない。夢とか機知とかといった、いわゆる失錯行為の中で、せいぜい間接的に示されるだけなのだ。ところが、個人が、たとえば、ヒステリー発作とか、激痛とか、すっかり惚れ込むとかといったような、強い情緒に捕らわれると、無意識が君臨することになる。」

「先生、ほかの例で説明して頂けませんか？」とジャコモがお願いした。

するとベッラヴィスタは少しばかり考え込んでから、一つの仮説を立てようと試みた。

「私が今日、ジェシカに惚れ込んだと仮定しよう……。」

「もう〝仮定しよう〟、〝仮定しよう〟はうんざりですよ、先生」、とペッピーノが忍び笑いをした。

「つまり、私が彼女をたんに美少女と見なすだけでなく、日夜、毎秒、彼女のことを夢見ている、としよう。君たちはこの私の精神状態をどう規定するかい？」

「大痴呆症だ」と、ペッピーノが躊躇なく答えた。

「冷静さを失った、と言いたいです」と、ジャコモがもっと礼儀正しく訂正した。

「そう、それは私が無意識に譲歩したということにほかならないんだ――とベッラヴィスタが続けた――この瞬間から、私のどの言葉、私のどの行動、私のどの思考も、もはや私の意識には制御されなくなるであろう。」

「すみませんが――とジェシカが言葉を遮った――その場合には私の意識も作用するし、私の意識が先生のそれに服従せざるを得ないのは、たまたまあなたが先生で私が生徒であるからに過ぎないとは言えませんか?」

「それもそうだろうね――とベッラヴィスタが答えた――でもこの場合、私をしりぞけているのは意識ではなくて、君の無意識なんだよ。逆に、大成功の期待をもつためには、私はおそらくほかの刺激、より潜在的で、より秘かな、たとえば、エディプスコンプレックスを想定しなくてはなるまい。」

「先生――とジェシカがまたもいくぶん意地悪をして遮った――悪く取らないで欲しいのだけど、そんな刺激は何にもなりませんよ。私の場合、意識と無意識は心と魂なんですから。私は自分のことを知っているし、何かが私の気に入らないとしたら、それは気に入らないということを意味している。それだけよ! いいですか、どんなエディプスだって、私の考えを変えられはしませんよ。」

この最後の文句はベッラヴィスタにとり、まさに棍棒の一撃だった。哀れにも彼は時間稼ぎしようと骨折った。立ち上がり、背中にある書架の本を探す振りをしてから、二、三度咳をし、それから戻って座った。こうして、ジャコモとペッピーノに自分の狼狽を何とか気づかれないようにと望んだのだった。結局、レッスンを再開するしか方法がなかった。

「フロイトは性現象にひどく専念したから、彼は《汎セクシャリズム》だと非難されたんだ。彼の見解では、どの人間もリビドーと死衝動という、二つの主要衝動に支配されていることになる。つまり、エロスとタナトスに。前者は生き続けようとする衝動であり、後者は生を妨げようとする衝動だ。」

「先の例に戻れば――とジャコモが結論づけた――先生はジェシカと同衾して子供をつくりたかったことになるし、彼女が拒絶した場合には、彼女を殺したかったことになります……。」

「……または自殺したかったことに――とベッラヴィスタが言い直した――死衝動は、フロイトが言うには、私たち誰にも存在する。でもこのことに関しては、諸君は心配ご無用だ。私は人生に終止符を打とうという意図は少しもないからね。とにかく、性現象は精神分析では基本的な役割を演じているんだ。伝統医学では、それは生殖過程と符合しているのだが、フロイトにとっては、人間行動で性欲に何らかの形で条件づけられていないようなものは皆無なのだ。精神分析学者と患者との間に築かれる関係さえもが、性的性質を有しているのだ。」

「言い換えると、僕たちみんなが同じこと、つまりあのことだけを考えているわけだ――とペッピーノがコメントした――この点では僕もフロイトに同感だな。」

「でも、ペッピーノが言うような《あのこと》の対極として、死への欲動も存在するんだ」と、ベッラヴィスタが付け加えた。

「この点では、僕はもうフロイトに同意できない――とペッピーノがはっきりさせた――この死衝動ではフロイトはひどい間違いをしでかしている（toppare di brutto）と思うな。」

「私も同意しないわ――とジェシカがこれまでになく懐疑的な言い方をした――死衝動に関してばかりか、生衝動に関しても。私には、セックスはそんなに大きな役割を果たしていないわ。そんな役割をしているとしても、一年で諦められるわよ。たしかにお気に入りを見つける（beccare un bel fio）幸運を手にしたとしても、事態は突発的に急変しうるものだし、あり合わせの物では、とても愉快どころではないし。」

「あり合わせ」と言いながら、彼女はペッピーノ、ジャコモ、そしてベッラヴィスタを見回したのだった。

第20章　嫉　妬

オスカル・カルボーニは一九四〇年代にこう歌っていた。

いや、これは嫉妬じゃなくて
私の情念なんだ。
他の男たちが君を眺めると、
僕は君のことで震える。
君の美しさが欲しいよ、
僕の独り占めに。

No, non è la gelosia,
ma è la passione mia.
Quando ti guardano gli altri
io tremo per te.

La tua bellezza la voglio
soltanto per me.

ベッラヴィスタ先生も嫉妬深く、あのバニョーリの特殊警察の交番で見かけた少年に嫉妬していた。今やもう疑いはなかった。あのバスケットボール選手が言ったばかりか、ペッピーノもジャンルーカ（彼はそう呼ばれていた）がジェシカの正式の婚約者だと確言していたのである。学校中がそのことを知っていたし、ジェシカは女子の級友たちからひどく羨ましがられていたのだ。ところで、彼の立場に身を置いてみよう。片や彼女は二メートルものひょろ長い、黒髪と緑色の目をしたバスケットボール選手を持ち、他方では太鼓腹をし、脇腹に二重の脂肪が巻きついた、白髪の老紳士を持っていたのだ。彼女はどうすべきか？　教養を選ぶか？　まっ平ご免だ！　ジェシカには教養なぞまったくどうでもよかったし、彼女の言葉で言い換えれば、そんなものは糞に等しかった。では、なぜかつては彼と関係を持ったのか？　知りたいところだ。おそらく、彼が教師で、彼女が生徒だという事実を弄《もてあそ》んだか、それともひょっとして、途方もない年齢差に好奇心を抱いたのかもしれない。彼女は考えたのだろう——《老いらくをちょっと試してみよう。どんな具合になるか見てみよう》と。こういうことは、ベッラヴィスタがよく分かりきっていた。だが、この種の自制心を失った男が彼女と同衾すると想像した結果、それだけ少なからぬ痛い目に遭わせられたのである。

彼はなおも幾度か彼女をサヴェーリオの家に誘おうとしたのだが、彼女はいつも拒み続けた。一つには彼女がバスケットボールの試合を観戦したかったこと、二つには母に連れられておばあちゃんを訪ねなくてはならなかったこと、三つには彼女が疲れていたからである。そしてとうとう、フロイトに関する、この前のレッスンに際して、面と向かって公然とこう言い放ったのだった——「残念ながら、あんた、私たちの物語は終わったのよ」。

ところで、この文句は彼の脳裡に痛手として残った。夜も寝つけなかった。どうして彼女は物語が終わったと言ったのか？　いったい何が起きたのか？　自分はどこで間違ったのか？　彼女はと言えば、はっきり分からせるために、「ピリオド、ストップ、クラッシュ、フィニッシュ」という、無意味な一連の単語を並べて見せた。これはとても素晴らしいことではなかった。もうちょっと人間的に行動することもできたであろうに。「私は別の男の人に惚れたの」と言うこともできたろうに。ところが、そうではなかったのだ。

ある日、ジャコモがちょっとトイレに行き、ペッピーノはまだレッスンにやってこなかったときに、ベッラヴィスタは彼女に詳しい説明を求めた。

「君がジャンルーカと婚約したのは本当なのかい？」

「ええ、彼はプレイヤーとしては大したものよ。チームの中で最高得点を挙げているわ。」

「いや、私が訊いたのは、彼がどれだけシュートしたかということではなくて、彼が君の婚約者なのかどうかということさ。」

「まず答えられるのは、そんなことはあんたに何の関係もないってことよ——と彼女はこれまでになくいらいらして答えた——それでもこの説明が十分でないのなら、いつだって彼に決闘を申し込んだらいいわ。私の間違いでなければ、あんたの時代にはこういう問題はそうして解決していたんじゃないの?」

「いいや、ねえ君、私の時代には、少女が複数の男と同衾すると、売春婦(zoccola)呼ばわりされたものだよ。これで終わりさ。」

「よかったですね!——と彼女が答えた——ペッピーノと付き合ったせいで、あんたも進歩したんだわ。」


とうとうベッラヴィスタは我慢がならなくなり、旧友カッザニーガに自分の心配事を洗いざらい打ち明けた。

「レナート、老年は大きな不公平だね。」

「ねえ、ジェンナーロ、君の言うとおりだよ——とカッザニーガが答えた——私たちの問題は、自分自身で感じているほど、もう若くはないということさ。あんたはせいぜい十八歳の若者だと感じているだろうな。いいかい、私はいくらかましだよ。自分の年齢に馴れっこになっているし、告白するが、ときにはそれを自慢もしているんだ。誰かに訊かれても、私は年齢のことを隠しているのだが、その際、相手が『六十五歳ですか? そんなことはないでしょう。とてもそうとは見えません。お元気で何よりですね!』と答えるのを期待しているんだ。」

「冗談は止しておくれ——とベッラヴィスタはみじめな思いをして答えた——私ならこの瞬間に、三十歳若返るためなら、今手にしているすべてのもの——お金、卒業証書、知性、教養——を放棄するよ。そうしたら、ジャンルーカとて私を追い出すことはできまい！　奴にはもうチャンスがなくなろう。」

「そのジャンルーカって、誰のことかい？」

「ジェシカの婚約者さ。二メートルもあるひょろ長いバスケットボール選手だよ。」

「それで？　遅かれ早かれあんたはそんなことは予期すべきだったんだ。私には言う言葉もないよ。むしろ、あんたは喜ぶべきなのかもしれない。これこそが、あんたを正常に戻すための唯一の方法だったのかもね。」

「いや、あんたは間違っている。私はあの若造を見てからというもの、もうほかのことを考えられなくなったんだ。昨日、私はふたりを尾行さえしたんだ。」

「『尾行』って、どういう意味かね？」

「一緒について行くと、ジェシカが携帯で誰かに話をし、八時ちょうどに映画館サンタ・ルチーアの前で会う約束をした。彼女が彼と話をしたんだと直感し、私もそこへ行くことにしたんだ。」

「本気かい？　それで、彼らに見つかったのかい？」

「いや、見つからなかった。私は電話しなければならないという口実を作って、レストラン・エットーレに入り、そこから、サンタ・ルチーアの入口を監視していたんだ。彼女が最初にやって来、その直後に彼が来た。用心してさらに数分待って、それから私も彼らの後から入った。ひどい映画で、ハードコアのポルノだった。レジでは、レジ係の女性から、三十パーセント割引される老人用カードを持っているかどうかと訊かれた。でも私は『いいえ』と答えた。老人と思われたくなかったからね。

それから、暗闇の中に入り、やっとのことで二人の居場所を突き止めた。私の座席の三、四列前に座っていたから、見られる危険なく、彼らに目をとめることができた。」

「それで、明かりがついたとき……インターヴァルのときに……あんたはどうしたんだい？」

「新聞を読んでいる振りをした。『コッリエーレ・デッラ・セーラ』を持って入っていたんだ。あんたも知ってのように、大判のやつをね。いいかい、レナート、こういう尾行をやるときには、必ず『コッリエーレ・デッラ・セーラ』を所持していく必要があるよ。」

「そんな破目にはきっとなるまい。で、それからどうした？」

「当座は何もなかった。それから、インターヴァルの後で、二人は恥も外聞もなくした。抱擁し合い、ずっとキスしていた。私がどんな苦い思いをしたか、あんたには想像もできまい！　ある時点で、もう我慢がならなくなり、出てしまったんだ。ところで、信じてもらえないだろうが、私は映画館の出入口で……誰に鉢合わせしたと思う？　ペッピーノ、生徒のペッピーノ、哲学のことを何も理解しない少年だったのだ。」

「で、彼は何て言ったの？」

「ああ、別に特別なことは何も言わなかった。『プロフェッソーレ、先生がこんな映画を気に入っているとは知らなかったなあ』としかね。」

第21章　シャワー賛美

バルは人びとであふれており、みんなが政治の話をしている。ナポリでは政治が流行しているわけではないのだが、それでも二年ごとに、特に地方選挙がある前には、政治が第一の会話テーマになるのである。

「もちろん、あんたが誰に投票するのかを訊いたりはしないが――とカッザニーガがコーヒーを飲みながらベッラヴィスタに言った――あんたが政治をどう考えているのか、いつも知りたくってね。あんたの話を聞いていても、あんたが右翼か左翼か分からないんだ。」

「いや、昨日も説明したはずだが！――とベッラヴィスタは驚いて答えた――私の政党は〈ぬるま湯党〉（ＰＡＴ）だよ。私の観るところでは、事態は次のとおり。つまり、政治では、利己心と連帯性という二つの基本的努力が優勢だ。マルクスが利己心の可能性を過小評価したのはまずかったんだ。」

「でも、利己心がどうして望ましいと主張できるのかね？」

「じゃ、はっきり説明しよう。私、あんた、パッサラクアの三人の友だちがいるとしよう。私ははなはだしいエゴイストであって、あんたよりも稼ぎたいと思っているが、あんたもはなはだしいエゴイストであって、私よりも稼ぎたがっている。パッサラクアのことは言うまでもない。最大のエゴイストであって、私とあんたを一緒にしたよりも稼ぎたがっているであろう。言い換えると、私たちは銘々がほかの者よりも稼ぎたがっているし、こういう結果になるために、精を出している。こうなると、国内総生産（ＰＩＬ）は増えるし、結局は、国の富が増える。要するに、われわれがエゴイストであることにより、わが国はより豊かになるのだ。これは市場のイデオロギーであり、お望みなら、右派の原動力だ。もちろん、利己心を発展モデルとして採用した国家はたいそう豊かになるが、連帯性に狙いをつけた国家、たとえば、ルーマニア、ブルガリア、アルバニアは全部貧困に終わった。」

「で、あんたの考えでは、こうなったのは連帯性のせいだというのかい？」とカッザニーガが尋ねた。

「むろん。連帯性の支持者たちは事態をまったく違ったふうに考えている。彼らは利己主義者たちにいう、『ばかな考えをよしたまえ。あんたらは何でもたらふく食べたいのかい？　貧乏人や障害者はどうなるんだ？　研究できる幸運を持たない人びとは、どうなるべきだというのかい？　飢え死にするべきだとでも？　否、むしろわれわれがみな平等で、――みな国家に依存しているほうがましというものだ』。でも、この場合、人類はもう隣人を凌駕《りょうが》するよう強いられないから、もらう給料で満足するだろうし、市場をますます衰えさせることになろう。言い換えると、人びとはみな小役人みたいな行動をすることだろう。」

「うん、分かった。でも中道だって存在するよ」と、カッザニーガが異議を唱えた。

「まあね。そこで私の政党ＰＡＴ（ぬるま湯党）が生じてくる。選挙が行われ、市民は利己主義と連帯性、つまり、右派と左派とのどちらかを選ぶよう呼びかけられる。投票所は私の考えでは、シャワー室みたいに、二つのコックを備えているべきだろう。第一のコックには〈利己主義〉と書かれており、第二のコックには〈連帯性〉と書かれてある。さて、投票者は当面する政治状況を考えて、然るべく行動する。つまり、権力を掌握している政府がこの五年間、連帯性、つまり年金、健康保険、失業手当、等を強調してきたと考えるのであれば、右のコックを回し、そうでなければ、左のコックを回す。こうすることにより、あちこち試すうち、とうとう適温のお湯が得られるわけだ。要するに、私の好きな哲学者はクレオブロス〔前六〇〇年頃。七賢人の一人。〕であって、彼はデルフォイの神殿の壁に『中庸こそは最善だ』と書いていたんだ。」

「ところで、難点は――とカッザニーガが気づかせた――この正当な尺度を定めることにある。たとえば、あんたの生徒たちはどう考えるかしら？　彼らはどちらを選ぶだろう？」

「率直に言って、分からない――とベッラヴィスタが答えた――でも、彼らは若いし、周知のように、人間は革命家として生まれて、消防士として死ぬ。エンニオ・フラヤーノ〔（一九一〇―一九七二）作家、ジャーナリスト、喜劇作家。『殺す時』（一九四七年）、『夜間日誌』（一九五六年）、等〕が正しいことを言っていた。『若者はいつでもバリケードを作りたがるが、そのために他人の家具を用いたがる』と。いずれにせよ、彼らにはぬるま湯は嫌悪を催させるのだ。彼らはできれば、氷のように冷たい水か、沸騰しているお湯を選びたがるだろう。ジェシカは十九歳だから、投票に行く義務があるのだが、彼女の政治的立場については私は何も知らない。でも次の火曜日に、彼女に誰に投票したのかを訊いてみる。それから、あんたに知らせるよ。でも、彼女は棄権したのではないかなあ。テレビ浸けだから。たぶん、彼女は夕方、ある政治家がほかの政治家たちよりいくらかうまく喋るのを見たら、それからはその政治家に決めるだろう。今日日《きょうび》、よく考えてみるに、テレビは民主制にとって危険そのものだね。人びとはテレビにより、あまりにも易々と特定の方向に流されてしまう。犯罪歴を絶えず流すことにより、テレビ視聴者をどれほど不安に陥れることか！難点はありもしないことをばらすことではなくて、それに対してふさわしい尺度を設けることにある。例を挙げようか。『投獄されている無実の人と、自由な犯人とでは、どちらがひどいか？』と訊いたなら、あんたは何と答えるかい？」

「あれこれ考えてみるまでもないだろう。もちろん、投獄されている無実の人だ。」

「では、今度はこう尋ねたとしたら――『投獄されている無実の一人と、自由な十万人の犯人とでは？』」

「うん……この場合には……投獄されている一人の無実な人がましだ、と言うだろうな。」

「そうなると、見てのように、問題は右とか左というよりも、正しい尺度に統一することにある。私の例では、いつも左翼の特徴をなしてきた〈個人の権利の重視政策〉は、右翼の要求でもある〈秩序の重視政策〉と妥協しなくてはいけない。今、私があんたに言うことによく注意して欲しい。次の選挙で勝利するのは、より以上の秩序と安全を約束する政党だろうよ。」

「私にはこの点では、別の解決策があるんだが」と、カッザニーガが提案した。

「どんな？」とベッラヴィスタが好奇心をもって尋ねた。

「私は電子工学に頼りたいね。私のモットーは『情報科学はわれわれを救うだろう』ということだ。」

「アルファ会社があんたを駄目にしたんだよ。エレクトロニクス・センター長になってから、あんたはもう頭で考えることをしなくなったんだ。」

「まあ、聞いてから、判断しておくれ――とカッザニーガは動じないで続けた――イタリアの平均的市民がもっとも恐れているのは何か？　私が思うには、犯罪の犠牲者になることだろうよ。大通りとか、踊り場とかで襲われたり、ピストルとか……ひょっとして釘とかナイフで脅かされることではないかな。ある人から言われたことがあるんだ――『こんなことが続くと、数年のうちにわれわれはみな武装することになろう』ってね。あんたは想像できるかい、私がピストルを片手にわが家に出入りする姿を？』」

「はっきり言って、ノーだね——とベッラヴィスタは笑いながら答えた——あんたはジョン・ウェインとはかなり違うからね。」

「そうだね、実のところ、私が生涯でたった一度発射したのは十八年前、ルナ・パークの射撃場でのことだからね。でも、ピストルを手にしてうろついたり、リモコンを手にしていれば、やられることはない。ほかの周波数帯《チャンネル》に回さねばならなくなると、西部劇のどの保安官よりもす早くやるからね。そこで提案はこうだ。私たちはリモコンとか、衛星電話とか、要するに、誤差三メートル以下で私たちの位置を知らせられる電子機器をポケットに入れているとしよう。私が或る犯人から脅迫されたりしたら、その瞬間に、キーを押す。するとただちに『ヘルプ、ヘルプ。こちらはレナート・カッザニーガ。ヴィーア・スターツィオの角のヴィーア・ペトラルカに居ます。武装した犯人に脅迫されています。至急救出に来てください』というメッセージが発信される。すると、一番近くにいるパトカーが駆けつけ、私を助ける。」

「でも、それにも問題はあるね。いつも近くにパトカーがいるとは限るまい——とベッラヴィスタがやや気落ちして結論づけた——そんなパトカーはめったにないよ。イタリア国が全土を隈なく監視するとしたら、遅かれ早かれ、警察の力を増強しなくてはなるまいな、ひょっとすると軍隊から動員してでも。」

「それでも、あんたは秩序に味方するのかい？」

「むろん。でも、もちろん一定の範囲内だけでのことだ。」

「分かった。それじゃ、あんたが誰に投票するのか言わなくてもよいよ——とカッザニーガが結んだ——でも、せめて以前には誰に投票したのか言ってくれないか？」

「ほぼいつも決まって共和党だ。最後は一九五〇年代だった。私はウーゴ・ラ・マルファに投票した。私の友だちが彼を嫌っていたというだけの理由で。ラ・マルファは政治家としては真の破局そのものだった。この人物はいつも本当のことを言っていた。たとえば、彼が《百万の新たな働き場所》を約束したことは一度もなかった。あまりにも悲観主義者だったから、彼はカッサンドラ呼ばわりされていたんだ。でも、これは時代のせいでもあった。当時はグループがはっきり分かれていた。一方か他方か、アメリカかソ連かだったし、私たちの今日の繁栄は、まさしくラ・マルファ、デ・ガスペリ、ルイーニ、ボノーミといった、ありがたいことに、正しい側を選択してくれた有名な政治家のグループのおかげなんだ。もし彼らが当時誤っていたとしたら、きょう私らは二人ともフランスに向かうゴムボートに乗っていることだろうよ。」

「ところで、あんたは信じまいが——とカッザニーガはバルの主人に聞かれぬよう小声で言った——私のミラノにいる両親は北部同盟（Lega Nord）に投票しているんだ。私の兄は言うまでもない。この政党の候補者なんだから。」

「ええ？　オズワルドかい？　あの学位商人かい？　去年クリスマスに紹介してくれた人かい？　そんなはずはない。私にはちゃんとした人物に思えたが……。」

「そうだよ。彼だ。でも、政治のことを語るとき、彼は正常な判断をしないんだ。たとえば、ポー川流域の人間は高等人種だと確信している。彼が言うには、彼らはケルト族の出身らしい。実は彼にはローマ人が鼻持ちならないだけなんだ。ローマ人を毛嫌いしているんだ！」

「それじゃ、彼に言ってやり——ポー川流域の人間の先祖がまだ樹木の上にうずくまっていたとき、今日のローマ人の先祖はすでにホモだったんだって。」

「うへぇ、彼ならそれを信じるよ。」

「そしたらさらに言ってやり——ホモになるには、趣味がある程度洗練されなくてはならないんだ、って。一人名前を挙げると、アルキビアデスは突然現われたわけではないんだってね。」

「まったく同感だよ——とカッザニーガがかなり自尊心を傷つけられて言った——何をか言わんやだ。私が生涯で聞いたもっとも美しい句は、アインシュタインが合衆国への移民申告用紙のため書いたものだ。どの人種に属するのかと尋ねられて、彼は『人類に』と答えたんだ。ところで、あんたが誰に投票するのか私に言いたくないのなら、せめて言ってくれないかね——私が誰に投票すべきかを。」

「それは一概には言えない。私が想像するところ、あんたは右派への移動を望んでいるらしいから、それなら、左派に投票したまえ。」

「そんな理屈はさっぱり分からんね。」

「ごく簡単な話さ！——とベッラヴィスタは辛抱強く説明した——右派をちょっとでも動かせるの

は、左派の政府だけなんだ。左派だけが労働組合にブレーキをかけられる。ここ数年、ダレーマの代わりにベルルスコーニの支配する政府を私たちが持っていたとしたら、毎日ゼネストが行われていただろう。ベルルスコーニの下に、コソヴォ戦争にわが国が参加を決めたとしたら、どうなったかを考えるだけでよい。」

投票所に到着して、われらの友だちは最初の投票者だということが分かった。もう九時半を過ぎていたのだが。

「どうやら——とカッザニーガは言った——今回勝利する政党は棄権主義者の政党らしいね。雨が降らないのは幸いかもしれないが。」

「私もそう思う——とベッラヴィスタが同意した——今日日《きょうび》、政党どうしの相違はごく僅かだから、誰も祖国を救うように呼びかけられているとは感じなくなっているんだよ。」

「それをどう思うのかい？　私たちイタリア人は政治的意識を持ち合わせていないのかい？」

「現況はそのとおりだね——とベッラヴィスタが判決を下した——でも、心配無用。いつか敵に……サッカー・チームのワールド・チャンピオンなぞにぶつかれば……みんなイタリア国旗を持って街路に繰り出すだろうよ。」

「政治的意識なしに生きるのは、良いことなのか、悪いことなのかね？」

「それは、はるかにましだよ。政治への不満を抱くことは、少数の国にだけ許される贅沢なのだし、ありがたいことに、私たちはこの少数に属している。投票者数のパーセンテージが低いのは、政治的安定性が大であることの目印なんだ。でも、私がよく考えてみるのに、投票に行かない人びとは正しくはないのではないかな。」

「どういう意味で？」

「二つの選択肢があるという意味でだ。一つは国家の自由が危機に陥っている場合。この場合には、あらゆる考えうる手段、投票、政治参加、極端な場合には武器をもってしてでも闘うことを余儀なくされる。もう一つは、権力の座だけがかかっている場合。この場合には、私たちにとり問題はかなりどうでもよいのかもしれない。」

「でも、民主制は投票人なくしてどうして機能するのかい？」

「その質問はごもっともだね――とベッラヴィスタが認めた――でも、投票人の年齢も考慮すべきだよ。ここでは、私たちのいつもの好みのテーマに戻ることにしよう。七十歳を超えたなら、政治家たちが取っ組み合うのをTVで観るのは、子どもたちがモノポリー〔不動産の売買をするすごろく〕をしたり、ヴィクトリーガーデン〔家庭菜園〕を独り占めしようと争うのを眺めるようなものなのだ。」

ヴィーア・ペトラルカに戻ると、ベッラヴィスタとカッザニーガはサルヴァトーレに迎え入れられた。

「プロフェッソー、私には関係ないけど、誰に投票したんです？」

「サルヴァトーレ――とベッラヴィスタはうんざりしながら答えた――選挙のたびに君はいつも同じ質問をするが、投票は秘密なんだよ！　まあ、そのことは別にして、君も知ってのように、私は共和党に投票したよ。」

「共和党だって！——とサルヴァトーレはびっくりして叫んだ——そんなこと、誰にも言わぬがよいですよ。さもないと、笑い者になりますぜ。一つ、このことだけは確かなんだから——今回、共和党より得票数の少ない政党はありませんよ。むしろ、儂と同じように投票すべきだったんだ。儂はいつだって正しいんだから。儂は若かったときの初回の選挙から、アキッレ・ラウロに、つまり、民衆君主政党に投票してきたし、勝利してきたんです。その後は、いつもキリスト教民主党に投票してきたし、いつも勝利してきたんです。ところが最後には、地方選挙で共産党員の、バッソリーノに投票した、そしてまたしても勝利したんです。言い換えると、儂には第六感があるんです。どうしてそうするのかは分からないんだけど、儂はいつも勝利者の側に立っているんですよ。」

「ねえ、サルヴァトーレ、——とベッラヴィスタが言った——それは政治意識というんだよ。」

第22章　ポパー

「プロフェッソー、昨晩わが家では、毎週木曜日にやるように、パパがカード遊び《トレッセッテ》に友だちを招待したんです。それで、僕は休憩中に参加者たちが何か食べに台所に行ったとき、銘々に尋ねたんです、『誰かカール・ポパーについて聞いたことのある人はいませんか？』と。すると、驚いたことに、四人ともみんな同じ答をしたんです――『ポパー？　聞いたこともないね』と。ところで、パパも含めてみんなが生涯でがっぽり稼いだ人たちですから、ご説明いただけませんか、今晩テレビでユヴェントゥス－バルセロナ戦があるのに、どうして僕はこのポパーを勉強しなくちゃならないのかを。」

「うん、《正当な顔》を持つためだよ」と、ベッラヴィスタが答えた。

「《正当な顔》って、どういう意味ですか？」

「いいかい、ペッピーノ。今、君に説明しなくちゃならないわけではないが、私が或る人と識り合うとき、私は顔からその人が生涯で読書したか、しなかったのか、学んだか、否かを見て取れるんだ。読書や学習は人びとの顔つきを変えることができるかのようだね。教養が財布とはしばしば符合しないことも、これまた本当だし、ここからして、周知のジレンマにまたしてもぶつかることになる。億万長者になるのと、知識豊かに生きるのと、どちらがましなのか？　所有と存在では、どちらがましか？」

「それじゃ、半々にして、両方をいくらか持つことはできないの？」とペッピーノが提案した。

「残念ながら、ノーだ。とにかく、君は勉強したまえ、それからこのことについてもっと話そう。さて、ポパーについてだが、彼はいわゆる《反証主義》の説の発見者なんだ。標語『誤謬を通して賢明になる』（durch Fehler wird man klug）で有名だよ。君が暗闇の部屋の中にいて、どこに出口があるか分からない、と想像したまえ。そうすると、遅かれ早かれ、壁にぶつかると知っていて、一方向に進んで行くしか仕方があるまい。そうやって繰り返せば、最後には出口を見つけるだろう。ところで、ポパーによると、まず頭をぶつけることにより、やがて君の目標に到達するに違いないというのだ。」

「でも、その部屋の中では僕は独りぼっちなの？——とジャコモが訊いた——僕が独りぼっちでなければ、誰かが向かって行き、壁に頭をぶつけるのを待ち、その後で、彼が出るのを見るや否や、僕もその後を追うことができるじゃない？」

「つまり、君は他人の誤謬を利用したいというのだね——とベッラヴィスタが要約した——悪い考えではないな。そのためにこそ、私たちは読んだり学んだりすべきなんだ。こうして私たちは、他人が私たち以前になしたことを経験するし、また、どこでなぜ彼らが誤ったのかを知ることになる。この点に関して、ポパーは基本的な本を書いている。『推測と反駁《はんばく》』（*Vermutungen und Widerlegungen*）がそれで、これはみんなに読むことを勧めたいよ。」

「で、その本の中で彼は何を言っているの？」とペッピーノが知りたがった。

「彼によると、ジェシカが或る推測をしたら、私ベッラヴィスタは彼女を反駁できるという。それから、彼女がもう一つ別の推測をすることができるが、今度は私もさらに反駁することができるし、とうとう、第三の人物、まあ、ジャコモが来て、私たちふたりともを反駁するに至る。重要なことは、推測と反駁を続けることにより、三人とも真理に接近できるということだ。」

「つまり、出口にね」と、ペッピーノが結んだ。

「そのとおりだ——とベッラヴィスタが確証した——そして、これを要約すれば、ポパーの《反証説》なんだよ。」

「分かりました、先生——とジェシカが言葉をはさんだ——先生は、人が相手にすべき人びとはみな、理性的に考えることができるとの前提から出発していますね。でも、たとえば、私がペッピーノみたいな田舎者（tamarro）と話をする場合、何を反証すべきなんです？　サッカーのナショナル・チームの選手配置でも？」

「うへぇー、君は俺にあくまで安らぎを与えることができんのかい？——とペッピーノがすばやく反応した——いつでも批判しやがって！　うんざりだな！　君の考えでは、俺が君のような尻軽女と推測をやり始めると思っているが、俺は百も承知しているんだぞ、君はセックスしながら生涯で唯一の反証を行ったことをな！」

　そこでジェシカはさっと立ち上がり、ペッピーノに平手打ちを食らわそうとした。だが、ジャコモもうまく立ち上がって、ふたりを隔てたのだった。ベッラヴィスタはがっかりした。

「ねえ、君たち——とベッラヴィスタは首を振りながら悲しげに言った——君らの振る舞いから、ポパーを全然理解していないと結論せざるを得ないな。つまり、彼の全哲学は対話に依拠しているんだよ。ポパーによると、議論は正しかろうが間違っていようが、私たちが真理へより接近するのを助けてくれるというんだ。ただし、感情に囚われると災いになる。ところで、どうもジェシカとペッピーノとの間には感情的な葛藤が持ち上がったようだし、思うに、こういう葛藤は二人ともをよりよくする助けにはなるまい。」

「プロフェッソー——とペッピーノが抗議した——僕は何も始めたわけじゃないですよ。先生は僕におっしゃったじゃないですか、推測することは不可能だって……。」

「じゃ、どうして君は彼女を《売春婦》呼ばわりしたんだい？」

「それは彼女がそのとおりだからですよ——とペッピーノが答えた——そのことは知っているけど、話したくはないです。」

するとまたしてもジェシカがペッピーノに襲いかかろうとした。けれども、今度はベッラヴィスタが本気で怒った。

「もういい。これ以上やり合うのは止しなさい。レッスンを続けるつもりがあるのならいいが、そうでないのなら、帰ってよろしい。とにかく、今日はもうお終いにするぞ。」

みんなが黙ると、ベッラヴィスタはレッスンを再開した。

「さて、今しがた言おうとしていたんだが、ポパーは或る意味ではソクラテスを思い出させるところがあるんだ。このアテナイの大哲学者が自分は無知だと主張し、対話によって知恵を獲得しようとしたとき、無知を暗い部屋にたとえ、質問と回答からなるすべての対話を推測と反駁になぞらえる以外のことは何もしていなかったんだ。他方、産婆術とは、出口を見つける術にほかならなかったのではないかね?」

「めぐりめぐって、いつもソクラテスに戻るんですね」、とジャコモがコメントした。

「そう、そのとおり——とベッラヴィスタが同意した——でも、一つ重要なポイントをここで指摘しなくてはならない。対話を行うにしても、推測と反駁に際しては絶対に或るルールを守らねばならないのだ。第一に、平易な言葉で意志疎通を行うこと、つまり、話し手は聞き手の言葉に合わさなくてはならない。たとえばジャコモ、君が五歳の幼児に話しかけるときには、君は分からせるために、君のではなくて、その幼児の話し方をしなければならない。しかし、文盲の農夫に話しかけるとしたら、また別の言葉を使うだろうし、鋭敏なインテリと議論するとしたら、別の話し方をするだろう。重要なことは、いい恰好をするためだけに、難しい言葉を振りかざさないことだ。コミュニケーションの目的とは、つまり、話し相手に理解されるということなのだ。第二のルール、それは、何としても独創性を発揮しようと欲したりしないことだ。往々にして、見慣れないことを追求すると、道を踏み外しかねないのだから。」

「もっともだわ。それはみなひとりでに分かるわ——とジェシカが言葉をはさんだ——でも、そのポパーは、男としてはいったいどうだったの? 美男子、醜男《ぶ》、それともどういう人物だったの?」

「まず言っておくと、彼が亡くなったのは、私の誤りでなければ、最近の一九九八年で、九十六歳のときだった。外見上は小太りしており、ぴんと突き出た耳を持ち、両脚ははなはだ短くて、座ったとき両足が床に届かなかった。彼はテレビを毛嫌いしていた。これを民主制にとって危険なものと考えていたんだ。あるエッセイの中で、『テレビを観るのは危険かもしれない。それは神自らが語るのを聴くようなものだ。そして最悪なのは、そこで語っている本人が、ある時点で自分を神であると信じることだ』と言っている。それから、こう付け加えているのだ、『テレビで話す人びとはみな、免許証を持っていなくてはなるまい。ただし、彼らのプログラムが一定レヴェル以下に落ちるや否や、その免許証は取り上げられるものとする』。青年のとき彼は社会主義者だったが、老年になると、逆にマルクス主義を激しく批判し、これ以上ないくらい、自由主義者の中でももっともリベラルな人間になった。それはそうと、君たちが彼の著書『開かれた社会とその敵』(*Die offene Gesellschaft und ihre Feinde*, 1945) を窺《のぞ》いてくれれば嬉しいんだが。」

「その本で彼はいったい何を言っているのです?」とジャコモが訊いた。

「プラトンのことをひどく悪く言っている。とりわけ、《全体主義者プラトン》と題する第一部ではね。」

「でも、どうしてあの偉大なプラトンを批判したりしたのです?」とペッピーノも悪ふざけしたくて、コメントした。

「いいかい、プラトンはときとして、私たちを唖然とさせることがあるんだ——とベッラヴィスタが告白した——言わば、二人のまったく異なったプラトンがいると言ってもよかろう。愛について語る『饗宴』のプラトンと、政治について語る『国家』のプラトンがね。要するに、信じ難いことながら、プラトンの政治思想はあまりにも反民主的なので、これに比べると、ヒトラーの思想でもほとんどリベラルと思えるほどなのだ。彼がそれをシュラクサイで実地に移そうとしたとき、当時僭主だったディオニュシオスを数日後に捕らえさせ、鞭打ち、通りかけた最初の商人に奴隷として売り払おうとしたんだ。『どうしたものか？——と彼は内心考えた——いやしくも哲学者たる者は、何でも悠然と甘受するものだ』と。」

「それじゃ、どうしてそんなひどいことを考えたんです？」とジャコモが尋ねた。

「彼は国家の幸福を追求することが何よりも必要だと考えていたのだ。つまり、市民と国家との関係では、彼ははっきりした考え方をしていた。市民がたとえ死のうとも、主要なものたるポリス（都市国家）はその威信を高められるんだ、と。プラトンの綱領のもう一つの特徴的な点は、どの女も、彼女を欲しがる一人の男だけでなく、あらゆる男の意のままにされねばならないというものだったんだ。」

「それはまた、どうして？」とペッピーノは、プラトン哲学を気に入り始めて、尋ねた。

「簡単なことさ。市民たちが見境なしに、とりわけ、暗闇でセックスすれば、子孫は誰の子か分からないだろうし、したがって、彼らの両親よりも国家のほうを愛するであろう、とプラトンは考えたのだ。彼によると、乳幼児は目を開けるや否や、ポリスに委ねられねばならない。それからは、国家機構が彼らの教育を引き受け、彼らを従順な、万事に即応する市民に仕上げる必要がある。こういう考え方はその後、《プラトン的共産主義》として歴史に残った。それだから、当然ながら、ポパーのような自由主義者には、プラトンの政治思想が気に入るはずはなかったんだ。彼はこの世の何にもまして、寛容と、他人の感情への尊重を好んでいたんだ。ポパーは言っていたんだ、『どの人でも自由に自らの思想を展開させるべきだ。この思想が私の思想と符合しないとしても、嘆く理由はない』と。」

「私はこのプラトンが厭なマッチョだ、といつも言ってきたわ——とジェシカがこれまで以上に立腹してコメントした——彼は女性を毛嫌いしていたし、しかもたんなる消費や欲望の対象と見なしてきたのよ。彼の愛についての考え方が《プラトニック・ラヴ》として歴史上有名になったのは、驚くほかないわ。」

「うん。でも《プラトニック》は君のいう場合でも、《観念的》と解されねばならないんだ——とベッラヴィスタが説明した——忘れないでおくれ、プラトンはイデアの世界を話題にした最初の人物だったんだよ。」

第23章　キュービスト

「私はディスコへ行って来たよ」と、ベッラヴィスタが打ち明けた。

「まさか。本気かい？」とカッザニーガが叫んだ。

「そうさ。ヴォーメロのディスコでね。ガッビアと言うんだけど、《鳥かご《ガッビア》》どころか、《地獄》と呼ばれるべきだろうな。そこがどういうところか、あんたには想像もできまい。第一に、すさまじい騒音だ。とても耐えられはしない！　若者たちはこれをテクノ・ミュージックと呼んでいるんだけど、どう見てもメロディーとは無関係だし、いかなる言葉の痕跡もない。ドン、ドン、ドン、ドン、ドン、ドン、ドン、ドン、ドンと聞こえるだけで、しかもディスコに足を入れた瞬間から、そこを出る瞬間まで、ずっと続くのだ。ポーズもインターヴァルもない。絶えず続く、このドン、ドンという耳をつんざく責め苦が、頭にというよりも、胃袋に反響するんだ。こういうありさまだから、何をしようと、ビールを飲もうが、ポテトチップスを食べようが、いつもこのドン、ドンのリズムから免れることはできないんだ。視覚さえもこれに条件づけられてしまう。というのも、真っ暗闇の中に浸かっていて、目の前にいるのが誰かを見て取るには、一瞬のフラッシュによるほかはないし、このフラッシュとて、ドン、ドンのリズムで点滅するのだからだ。この絶えざる点滅のせいで、ダンサーたちはみなぎくしゃくと動いているように見える。少し前には両腕を上に挙げていたのに、次の瞬間には両腕を下げている。さて、どうしてかは分からないのだけど、私が想起したのは十七世紀のガレー船乗組員が、座席に縛りつけられながら太鼓のリズムに合わせて強制的に漕いでいたことだった。彼らは少しでも間違うと、容赦なく鞭打たれていたのだ。ディスコにはリズムを与えるディスクジョッキーと、盲従する客たちがいた。その中に入って五分も経つと、何でも告白する気にさせられるだろう。まさしくアムネスティ・インターナショナルに助けを求めるようなものだ！　ドン、ドン、ドン、ドン、ドン！　何百人もの若者たちが互いに顔を見合わせたり、話したりすることもなく、各人が自分勝手に動いている。その悲しげな様子は、家族の誰かの死を味わったかのようだ。ドン、ドン、ドン、ドン、ドン、ドン、ドン、ドン。」

「なぜ彼らは悲しいんだい？」とカッザニーガが訊いた。

「これについては、一家言があるんだ――とベッラヴィスタが答えた――人生において幸せであるためには欲望を持つ必要がある。私たちには、以前は何にでも事欠いていたから、欲求できることが山ほどあった。ピザを食べるのにも十分なお金がなかった。少女と識り合うなど言うまでもない。女性は私たちにとり高嶺の花みたいなものだった。夕方八時以後には通りに女性をひとりも見かけなかった。ましてや、映画でもヌードの女性を見ることなぞ決してなかった。ところが今日日《きょうび》、私たちの孫どもはこんな問題を知らない。何か欲しいものがあれば、両親に頼むだけで、一週間で手に入る。互いに同衾したくなれば、そう言うだけで、ことを成就している。彼らにとって、それはコーヒーを飲みに行くようなものなんだ。私見では、こんなことは不幸を生じさせずには措かない。私が思い出すのは、ジョン・キーツの『ギリシャの壺のオード』だ。詩人はこのアッティカの壺の上に、ある女性を追いかける一人の男を見つける。それから、女性が男のほうを振り返る。そして詩人は彼にこう語りかけている、『臆せず恋する男《おのこ》よ、汝の接吻《くちづけ》は絶えて叶わぬ……永久《とわ》に……愛《いと》しき女《おみな》は美《うるわ》しきまま』〔宮崎雄行訳、岩波文庫　二〇〇五年、一四三頁〕とね。」

「で、あんたはディスコで結局どうなったんだい？」

「私はペッピーノに連れられて来ていたんだ。彼は哲学のことは何も分からないのだが、今日日《きょうび》の若者の性行動に関しては物知りなんだ。彼は私がジェシカに弱みを持っているのを知っていて、私に実際的な助言を与えてくれたんだ。彼は内心望んでいたんだ――彼女が実際にどういう人物かをありのままに見て、私が彼女を忘れることをね。最近も彼は私にこう言った、『プロフェッソー、ジェシカが仕事をしているところを見たければ、一緒にいらっしゃい。現場を知っているんだから。』」

「で、彼女はどこで働いていたの？」

「キュービストさ。」

「それ、何のこと？」

「彼女の女ともだちジアーダと一緒のキュービストさ。どうしてそう言うかというと、立方体《キューブ》の上で踊るからなんだ。独りだけで、パートナーなしに銘々が踊るんだ。ジェシカが一つのキューブ、ジアーダがもう一つのキューブの上でね。来週土曜日に、あんたもガッビア見物にお連れするよ。」

「とてもその気にはならないよ。」

「いや、レナート、ついておいでよ。今日日の若者がどうなっているか、あんたも知っておくべきだよ。まず、誰も喋らなくなっているのは、この耳をつんざく音楽で聞こえなくなってしまったからじゃなかろうかね。喋る代わりに、むしろ聾唖《ろうあ》者の言語ですませてしまっているんだ。たとえば、『食べたい？』と言うために、指先を一緒に合わせて、口元に持って行くんだ。それから、彼らは顔を見合わせることを決してしないのも、ホールが真っ暗になっているからなんだ。誰と踊っているのかが分かるには、回転照明が偶然当人にさっと降り注ぐのを待たねばならない。最後にはみんな目を閉じて踊っている。《踊る》ってどういうことなんだろう？　言わせてもらえば、『ゾンビみたいにうごめく』ことさ。最悪なのは、各人がひとりよがりにやっていて、しかもいつも同じ持ち場を占めていることさ。そんなことなら自分の家でもできるだろうし、そうすれば、はるかに快適にやれようものを。明かりを消して、ステレオのヴォリュームを最大限に上げるだけでよいだろうからね。」

「で、あんたも踊ったの？」

「あんた、正気かね？　でも、私が立ち去ろうとすると、顔の右に黄色、左に緑のペイントを施した少女が、たぶんエクスタシーに陥っているか、酔っ払っているかして、私のジャケットを掴み、ホールの真ん中に引っ張って行ったんだ。彼女は無理矢理私に踊らせようとしたんだ。何か私にどうなったんだが、理解できなかった。私が四十歳若かったとしたら、きっと彼女をガールフレンドにしていたことだろう。」

「あんたを見て、ほかの若者たちはどんな反応を示したんだい？——とカッザニーガが訊いた——あんたのような、白髪の老人をそんな場所に見つけて。よくも入らせてもらえたものだね。」

「もちろん、ペッピーノがいなくては入れなかったろう。彼がマネージャーのひとりに話をつけて、私のために手配してあったんだ。きっと、私がジャーナリストでも警官でもなくて、物好きな老人に過ぎないと言ったんだろうな。実のところ、みんなが私にはとても親切だったんだ。私に飲食をおごってさえくれたんだよ。」

「要するに、あんたには面白い経験だったんだね。で、ジェシカはどうしたんだい？　彼女のダンスはどうだった？」

「うん、大変うまかった。突っ立ったまま、ずっと私は見取れていたんだ。」

「つまり、『嘆きの天使』のラート先生が映画の中で、マレーネ・ディートリヒが歌うのを聞いていたように、あんたはジェシカのダンスを眺めたんだね。それからどうなったの？　彼女はあんたを見つけたのかね？」

ベッラヴィスタは答えなかった。それでカッザニーガは、友人が語りたがらないような、何か不快なことが起きたのだ、と直感した。それで、好奇心を抱き、なおも質問したのだが、やはり返事はなかった。そこでだんだん心配になり、こう繰り返すのがほとんど義務のように感じたのだった。

「ねえ、ジェンナーロ——と続けた——あんたが自分で気づいているのかどうかは分からないが、それを喋ってくれれば、あんたの陥っている罠から脱出できるかもしれないよ。数日来、あんたを観察していて、あんたの内に何かしっくりしないことがあることに私は感づいているんだよ。私の助言はたった一つだけ——『白状しなさい！　心をすかっとさせなさい』ということさ。」

ベッラヴィスタはやはり数秒間黙りこんでいたが、それから降伏して、友人に口を開く決心をした。

「私はジェシカの新しい婚約者を見たんだ。」

「もう一人を？」

「そう。映画館サンタ・ルチーアで見かけた、あのジャンルーカとはもう一緒じゃなかった。今度は口ひげを生やした男と一緒だった。彼も私よりは背が高かった。だが、私をひどく狼狽させたのは、この新しい婚約者とジェシカが一緒のところを見たことではなくて、この新参者が彼女と大っぴらにキスしているのに、前にいるバスケットボール選手は彼女から二歩しか離れていないところにいながら、彼女に何も言わず、彼女とは何の関係もないかのようにしていたということなのだ。」

「で、あんたはどうしたんだい？」

「どうにもこうにも。彼女がキューブから降りてトイレのほうに行くのを見るや、私はすぐ彼女にかけ寄り、話そうとした。だが、例のドン、ドン、ドンでそうはできなかった。それで、私も婦人用トイレに入り込み、彼女に言ったんだ、『君は今自分が何をしているか分かっているの？　さっきキスした男は誰なんだい？』ところが、彼女はいつものように、こう答えたんだ、『あんたの知ったことじゃないわよ！』それで、私は彼女に訊いた、『ジャンルーカはどうしたの？』すると、彼女は、『あんたの知ったことじゃないってば！』これが今日日《きょうび》の若者なのさ。」

「うへぇー──とカッザニーガがコメントした──私だったら、立ち去っただろうな。」

「私だって、そうしたいところだったんだが、そのとき、例の黄色‐緑色の顔をした少女が私をひっ捕らえたんだ。でも幸いなことに、ジアーダがやってきて、私を解き放したんだ。ジアーダには欠点がいっぱいあるんだけど、彼女が機転のきくことは認めざるを得ない。彼女は何でもお見通しなんだ。ジェシカが新しいボーイフレンドとキスするのも、私が彼女をトイレに追いかけたのも、この二色の少女が私を取り囲んだのも見ていたんだ。」

ベッラヴィスタはただ一つの思い出に苦しんでいたのだが、もう手を引けないことにも気づいていた。なんでもどんな細かいことでも語らざるを得なかった。彼がジアーダに話したことは、大なり小なり、こんな具合だった。

「あんた、怒っている(rodersi il culo)の?」

「いや。ただこんなところにはもう辛抱できないんだ――と彼は答えた――この騒音、この煙……には。」

「いや、そうじゃない。あんた、怒っている。リッキーがジェシカにキスする(sukarsi)のを見て、今怒っているんだわ。でも、気を鎮めなさいよ。若者の間はこんなものなのよ。誰かがいいなずけ女の舌を口の中に入れたければ、そうするわ。あまり考えもしないでね。でも、落ち着いてよ。ジェシカはあんたの持ち物じゃない。まさか、彼女を買い取ったんじゃないでしょう? 今晩彼女がリッキーを連れ込んだとしても、あんたには何の関係もないことよ。まさか、ふたりが一生ずっとセックスしているわけじゃあるまいし! 明日、彼女に電話して責め立ててごらんなさい。彼女は自分からいつでもやりたがっているんだから。あんた、老人のくせに、どうして人生をいつもこんがらかせようとするの。万事はごく簡単なことなのに。」

「まあなあ――とベッラヴィスタは自己弁明した――ある男が他の女に執着しているときには、彼女が他の男にキスしているのを見て無関心でおれないのは当然だよ。」

「そんなことはないわ。私たちは問題を落ち着いて眺めましょうよ。あんたは或る晩、ジェシカとセックスした（roncalato）わね。おめでとう。でも、彼女が毎晩やってくれるものと期待することはできないわよ。誰かがものすごいロトを当てたからとて、毎週儲かるとは期待できないのと同じよ。今晩六時にリッキーがうまくやっても、明日の晩には、きっとあんたか、別の男がやれるだろうね。それで問題はないでしょう？」

ジアーダとベッラヴィスタは長らく話し続けた。それから、この少女はお腹が空いたことに気づき、遅くまで開いているピザ屋に連れて行って欲しいとベッラヴィスタに頼んだ。それは、ディスコから数歩しか離れていなかった。

「でも、夕方にキュービストをやって、どれぐらい儲かるの？」

「ディスコにもよるし、働く時間にもよるわよ。ガッビアには多くの飢え死する人がいるし、せいぜい十万リラを引き出せるぐらいかな。」

「何だって？」

「十万、つまり一〇〇×一〇〇〇ね。お金をつくるもっとも早い手はこの五倍、恐竜に支払わせるだけでよいのよ。たとえば、あんたがやりたければ、私に五十万くれればオーケーよ。」

「五十万だって？」

「もちろん。それ以下なら何にもならないわよ。」

カッザニーガはもちろん、狼狽した。彼は今日日《きょうび》の少女たちがみな、ジェシカやジアーダのようだとは思いたくなかったのだ。

「で、あんたはどうしたんだい？　彼女に五十万支払ったのかい？」

「冗談じゃない。そんなお金を持ち合わせていないことは別にしても、たとえあったとしても、そんなもの差し出しはしなかったろうよ。ジアーダが可愛くないというのではないが、こういうシニシズム、セックスを物と見なす、こういう立場が私には気にくわなかったのだ。」

「正直に言いたまえ。あんたはあんたの大恋愛に忠実でいたかったのだ、と。」

「とんでもない、レナート。私をからかわないでおくれ。セックスはこの年じゃ、大して意味がない。若かったときには、違った考え方をしていたかもしれないがね。逆に今日では、私の心を打つものが感じられなければ、私は拒否している。自分でも、誰がそうさせるのか、と自問しているのさ。」

「やっとテーマにさしかかったから、一つ個人的な質問をさせてくれないか？」

「いいとも。訊いておくれ。」

「身体の面からは、あんたはどうなの？　あんたの満足するように機能しているんじゃないかい？最近ではヴァイアグラが出回っているらしいが。あんたは試したことがあるかい？」

「いや、レナート。なぜまた、そんなことを知っているんだね？　私らの年になると、勃起じゃなく、欲求が問題なんだよ。ジェシカが裸で、大理石のような滑らかな体をして私の傍にいると想像するだけで、私の血がかき立てられるんだ。」

「私は告白するけど、もう多年ずっと妻と寝たことがないんだ！――とカッザニーガがため息をついた――言い換えると、私はセックスを過去の趣味と考えているんだ。たとえば、ヴァイアグラでも、たとえ効き目が確かだとしても、私は服用するつもりはないよ。私の問題はほかにある。物笑いになるのが怖いんだ。一例を挙げようか。青年時代に私はプロのサッカー選手になりたかったし、アマの選手権に出場したこともある。それから、ある年齢に達してからは、私は諦めてしまった。持病やら体重過多のせいで、サッカー・シューズをしまうことを納得したんだ。当時はトランクスでフィールドを駆け回る自分を想像していたものだ。セックスに対しても、ちょうど同じことが私には起きているんだ。六十五歳にもなって、裸で、もはや絶対に魅力もないのに、ある女の体の上であえぐ自分を想像すると、私は自分が滑稽に感じられるんだよ。」

「あんたは幸せ者だよ！——とベッラヴィスタがため息をついた——私は逆に、とても諦められないという気がするね。でも、一つのことを明らかにしよう。私にはセックスは肉体的快楽の満足というよりも、私が生きている証明なんだ。言うならば、《私がセックスするのであれば、私はまだ生きているということを意味している》ようなものさ。とはいえ、ヴァイアグラの代わりに、もう惚れなくするピルが発明されたとしたら、長く考え込むことをしないで、私はそれを服用するつもりだ。どうしてかって？　私はインフルエンザに対するように、惚れ込みに対してのワクチンがあったとしたら、どんなに嬉しいことか。七十歳を超えたら、誰もがそれを注射してもらう。そうしたらそのときから、もはや問題は解消することだろうよ。」

第24章　火星の女

「こうしてみると――とベッラヴィスタは考えた――冷静になって納得せざるを得ない、ジェシカが自分にとって異星人なのだということを。二回同衾したくらいで、彼女を自分の愛人と見なすことはできないのだ」。しかもベッラヴィスタも分かったように、この《二回》というのも実を言うと、少々誇張だったのだ。というのも、『でも、急いでよ！』と彼に彼女が要求した二回目は、正真正銘の二回目と見なすことができなかったからだ。ほかの人と一緒にいるということは、一緒に寝るということだけではなくて、話したり、伝達したり、相手の思いを分かち合ったり、相手の欲求や好み――したがって、ディスコや、無意味な会話や、エロス・ラマッゾッティ〔カンツォーネ歌手〕の生涯とか、ヴィーア・ディ・ミッレ街をぶらつくこと、等々――を受け入れたりすることをも意味するのである。

もう三十分も浴槽に浸かっていたが、ジェシカを見ることはできなかった。お湯はもう生温くなっていた。そのうち冷たくなり、出ざるを得まい。彼女が裸で傍に寝そべり、彼のあごひげを愛撫するありさまを想像しようと努めたが、無駄だった。どうしようもなかったのだ。今朝、彼女は彼を訪ねたいという気持ちがなかったようだ。実は、白昼夢を見るためには脳の側からの少々の協力が必要だったのだが、今日はどういうわけか、脳が彼に手を貸すのを拒んだのだった。少なくとも二十分前から、彼にこう説明していたのだ——《ジェンナーロ、諦めなさい。今日はジェシカは来ないのだから》。
でも、彼女が昨日踊っていたときの何と美しかったことか！　彼女の体の動きはまるでこういう音楽のためにできているかのようだった。彼女の骨盤は遊離しており、ひとりでに動いており、言わば独自の魂でも備えているかのようだった。上下、前後、左右へと移動し、少しの恥じらいもなく性行為を模倣していたのだ。ジェシカが全裸だったなら、これほどセクシーには見えなかったであろう。まさに自然の驚異だった。彼の時代には、ナポリにはまだ舞踊学校が存在した。もっとも有名だったのは、コルソ・ヴィットーリオ・エマヌエーレのティラボスキ夫人の学校だった。そこではあらゆる種類のダンスを教えていた——ワルツからタンゴ、マズルカからコティヨンに至るまで。今日では、彼が知る限り、ダンスの学校はもう存在していない。「孫たちの身体はどうも鍛練されているらしい——と彼は考えた——彼らは生まれるや踊り始める、まるで人生ではほかにやることがないみたいに。彼らはドン、ドン、ドンを聞くだけでよいのであり、すでに完璧に動き回るのだ」。そして、ディスコの中では、騒音のせいでお互いに話せないにしろ、ジェシカはオートマティックな骨盤で、彼に幾十ものエロティックなメッセージを伝えることができたのだ。ある時点では彼にこうも言っていた——《おや、あんた、初めてサヴェーリオの家で同衾したことを思い出しているの？　でも、最初は私をどうしてよいか分からなかったのを憶えてる？　ある日、私があんたに踊り方を教えてあげたのよ。私はあんたの体の上に横たわり、私の体をこすったり、あんたを愛撫したりして、とうとうあんたも動きだしたのよ。覚えている？　ドン、ドン、ドン、ドン、ドン、ドン、ドン、ドン》。

昨夜、ベッラヴィスタはSF映画をテレビで観た。火星人の一団が地球に上陸し、地球人と接触を試みる。意志疎通への意欲は大いにあるのだが、会話はすぐに不能と判明する。火星人たちには、口も目もないので、額の中央にあるアンテナから発した電子インパルスを介して対話を試みる。他方、地球人にはアンテナのようなものがないので、メガフォンで大声で話すことにより、分からせようと試みる。だが、役に立たない。ところで、これはだいたいにおいて、ジェシカと彼との状況だったのだ。彼女も火星の女だった。だから、彼女を理解したり、彼女に分かってもらったりする希望は皆無だったのである。

さて、ある関係が存在するためには、最低限の会話が必要だった。たとえば、ジェシカが彼と一緒に一週間カリブ海に旅することに同意したとしたら、道中何の話をしただろうか？　毒を以て毒を制す（Similia similibus curentur）。つまり、同毒療法が有効なのは、人間関係でも同じなのだ。エロチシズムだけが或る関係の根底とはなり得ないのだ。それに、つまるところ、エロチシズムとはコミュニケーションの一つの特殊形態にほかならないのではないか？　快楽は目的そのものではなくて、肉体も魂も同調したパートナーが相互に行う一種の贈り物なのだ。ある種の交換なしには、ふたりの人間どうしの間に絶対に何も生じ得ないし、そんな場合には、抱擁を乞うて卑屈になるよりも、わが身をひとりで満足させるほうがましなのだ。でも、彼のレヴェルにふさわしくない自慰行為に走るよりも、むしろ彼は空想の中で自らの関係を体験したかった。他方、彼とはまったく異なる性質を持った男たちも、同じような行動をしていたのである。たとえば、ダンテやペトラルカは、ベアトリーチェやラウラに対して、決して実際的なものを結びつけてはいなかったし、哀れなレオパルディとても、口臭のせいで、決してファニー・タルジョーニ・トッツェッティに近づこうとはしなかったのである。

昨日、カッザニーガは彼を教会へ連れて行こうとした。「行って、告解しなさい——と彼に言うのだった——そうすれば、気分も晴れるだろうよ」。これに対してベッラヴィスタは答えたのだった——それどころか、後でもっとひどい気分になるだろうし、終わりには神父と喧嘩するだろう、と。どうして自分が改悛した罪人を演じたり、二度と誘惑に陥らないと約束したりすべきなのか？ 再び《罪を犯す》見込みがまったくあり得ないことは百も承知していたからだ。それに、彼を怖がらせていたのは、地獄ではなくて、ただ虚無だったのだ。彼には、神なり悪魔なりが存在しても平気だった！ そうならば、後で彼には少なくとも誰か話せる相手がいることになろう。つまるところ、彼の罪は大罪ではなかったし、彼をもっとも苦しめていたのは過失に過ぎなかった。突きつめれば、あの小さいジェシカこそが告解すべきだったのだ。ひょっとして、明日のレッスンで、そのことを話してみるかもしれない。おそらく受け入れはしまいが。彼女にこう言ってみよう——「ねえ、君。来週日曜日に、一緒にミサに参加しない？」そしてそのときに、ことはこれっきり永久に終わってしまうであろう。

お湯がほとんど冷たくなった。仕方なく、ベッラヴィスタは浴槽から出なくてはならなかった。

第25章　パトリーツィア

ベッラヴィスタ家でのドラマチックな復活祭前の聖土曜日。午後七時に予告なしに、ベッラヴィスタの三十七歳の娘パトリーツィアが十八歳の息子で大学生のサルヴァトーレと一緒に、ミラノからやって来た。理由は、パトリーツィアが情報技師の夫ジョルジョに絶えざる浮気をされて、見捨ててきたというところだった。だが、事情がどうだったかは、彼女自身に語らせるとしよう。

「パパ、ジョルジョは恥知らず、悪党、ろくでなしよ！　六カ月間も私を裏切ってきたのよ。今じゃ、街中にしれ渡っているわ。私はミラノのサロンの笑い者にされているの。だって、みんなから『ナポリの寝取られ女』って呼ばれているんだから。で、私を裏切った相手を知りたい？　娘ともなりうるような、たった二十五歳の尻軽女よ！」

「あんたの父親にそんなことを言っても無意味だよ——とマリーナ夫人が皮肉なコメントをした——その女の人は彼には少々歳を取り過ぎているかもしれないわよ。で、あんたはどうなの？　仕事の後で、なぜもう少しあんたの夫の傍にいてあげようとはしないのかい？」

「だって、私を裏切るのは夕方じゃなくて、日中なのよ。その尻軽女も同じ事務所で働いているの。

夫はこの女を毎日見ていて、二人一緒に社員食堂に出かけるんです。二カ月前、夫はパリへ会議に出張しなくちゃならないと言って、後で分かったんだけど、三日間夫は休暇を取り、この尻軽女と楽しい一時を持ったのよ。想像してみて、パリよ。こともあろうにパリとは！　新婚旅行だって、私を連れて行ってくれなかったくせに。今、もう言う言葉もないわ。絶望よ！　自殺したいわ！　でも、夫にうまく罰をかわすことはさせないわ。自殺する前に、弁護士のところへ行くことにしたの。夫が路頭に迷うところを見たいわ。ずたずたにしてやりたいの。ここに写真の証拠も揃っているし……。」

こう言いながら、元の少女部屋——今日の父親の書斎——に駆け込み、スーツケースを置き、それから、写真台をもって戻ってきた。そして、びっくりしている両親の目の前でテーブルの上にそれをぴしゃっと叩きつけた。写真では、ジョルジョとブロンド女が腕を組んでホテルから出てくるところがはっきり見て取れた。

「その写真をどうやって手に入れたんだい？」とママが訊いた。

「私はこういう仕事を専門にしている探偵に頼んだのよ。」

「ナポリにもこういう探偵が必要だねえ」と、マリーア・ベッラヴィスタがひとりでつぶやいた。それから、娘のほうを向いて、「でも、探偵を頼むようになるには、お前はずっと疑っていたんだろうね。誰かに耳打ちでもされたのかい？」

「もちろん。その尻軽女の元‐彼が事細かに語ってくれたの。ある日、真っ赤な髪の毛をし、そばかすだらけの若者がうちにやって来て、私がドアを開けると自己紹介をしてから、そっと（tomo tomo）こう言ったのよ——『奥さん、残念なことに、ご主人は浮気をされています』」。

「まあ、かわいそうに！　よく分かるよ。お前には天地がひっくり返るほどだったろうね。」

「そうよ。でも、今はふたりに復讐してやりたいの。私はもう、アクソリッド社長のカッチャプオーティ博士に面会を申し込んであるわ。彼が話を聞いてくれたなら、きっと落胆するわ。まず第一にあの尻軽女をクビにするか、少なくとも、サルデーニャに追い出すに違いない。それから、ジョルジョが呼ばれて、大目玉を喰らうはずよ。天罰だわ！」

「度を過ごすなよ、ねえパトリツィエッラ――とベッラヴィスタが割って入った――あまり大げさに見てはいけない。人生にはそういうことだってあるさ。でも、過ぎ去ってみれば、二、三カ月でみな忘れてしまうもんだ、何ごともなかったみたいにね。あんたらには若くてしっかりした息子もいるし、傍に二親がいる必要があるんだ。そんな小さいもめごとで、すべてを台なしにしちゃいかんよ。私にジョルジョと話させてくれまいか？」

「とんでもないわ！　彼に何を話そうというの？――とマリーア・ベッラヴィスタがこれまで以上に憎悪たっぷりに訊いた――あのならず者が？　何か言うことを聞くとでも？」

だが、ベッラヴィスタは聞こえない振りをし、そして、この一件についてカッザニーガに話すことに決めた。それから、復活祭の朝、いつものメルジェッリーナのカフェで報告したのだった。

「娘が大げさに言うんだ――とベッラヴィスタが説明した――浮気を同棲関係と混同してね。あんたになら言えるのだが、私は何でも婿《むこ》の立場から理解できるんだ。」

「そんなことは少しも驚かないよ――とカッザニーガが皮肉なコメントをした――でも、あんたの娘さんとあんたのお孫さんのことも考えたまえ。父親が母親でもない女性に夢中になっているのが分かったら、少年がどんな思いをせざるを得ないかを。ところで、あんたの孫は何歳なんだい？」

「十八歳だ。」

「ジェシカには頃合いの年齢だね」と、カッザニーガが仄《ほの》めかした。

「そんなことがあってたまるか！——とベッラヴィスタが今度はうんざりして激昂した——みんな考えるのは、誰が何歳かということだけだ。もうそんなことは聞きたくないよ。『彼氏は何歳？　彼女は何歳？』ってね。しかも、感情のことを尋ねる人は誰もいない。でも、この左側には、私たちは心臓というものを持っていて、ときどき感じさせていることを、あんたは知っているのかい？」

「あんたが《心に命令できない》と信じている人びとのひとりになった、なんて私に言わないでおくれ。」

「ねえ、レナート、愛のテーマでは、今日救い難い混乱が起きているんじゃないかな。この場合には、セックス、恋い焦がれ、愛情、友情を区別しなくてはならない。私の場合を取り上げてみよう。私がジェシカに感じていることは、妻に対しての私の感情とは無関係なんだ。二つは相違した、おそらく対立した感情なんだが、二つとも立派な感情なんだ。ジェシカへの私の関心には、若い体への欲求、新しいものへの喜び、たぶん、私の学校時代の初恋体験への回帰がある。ところが、マリーアに対しては、生の歓びと苦しみを分かち合いたいという欲求、近くに居る必要、とりわけ深い思いやりがある。ところで、この思いやりという感情は、いつも過小評価されているんだ！　ところで、よく考えてみると、精神能力の放棄を欲しない唯一の心的状態、さりとて、恋い焦がれとか、エロチシズムとか、性欲とも言えないもの、それが思いやりだ。私たちのヨーロッパでは、ここ最近寿命が飛躍的に延びた。ロミオとジュリエットの時代には、平均三十二歳の寿命だった。だから、少女に向かって《一生君を愛するよ》と言うまでもなかった。十年、せいぜい二十年後には、互いに腕を組んで一緒に死んだのだから。ところが反対に今日では、女性は平均寿命が八十二歳だ。で、訊くが、五十年間もずっとただ一人に対してだけ性欲を変えずにどうして維持できるかい？　空想力のない者だけだ、そんなことができるのは。それじゃ、どうする？　統計的に見ると、男女を問わず、私たちは生涯に少なくとも三回大きな恋愛を体験する。私は生徒たちにそのことをいつも繰り返して言っている。『離婚を強いられずに最後までやり通したければ、第三回目の恋人と結婚すべきだ。決して、初回や二回目の恋人とは結婚しないことだよ』と。」

「でも、三回目に到達したのがどうやって分かるのかい？」とカッザニーガが尋ねた。

「この点ではあんたの言い分を認めねばならない。これは本当に問題だ。当初はどの恋愛もみな同じようなものさ。みなものすごく巨大で、手に負えない力を持っている。それから、時の経過とともに、それは分類されてゆく。犬みたいに彼女に苦しめば、それは本当に大きな恋愛だし、数カ月同棲して嫌気がさせば、単なる惚れ込みだったと分かることになる。だから、結局、苦しみが恋愛の尺度だったんだ！　平均寿命とともに年齢が延びたのではなく、《中年》が延びたのは、とにかく有利なことだね。今日日《きょうび》、女性は少なくとも四十歳までは若いと見なしてかまわないんだ。」

「うん。でもますます疑問が生ずるね、どうしてあんたが十八歳の女の子を選んだのかが……。」

「十九歳の、と言っておくれよ。」

「……十八歳だろうと十九歳だろうと大差はない。まあ、あんたの奥さんの立場になってみたまえ。夫が自分よりこれほど若い少女と関係を持ったと言われて、彼女はかわいそうに、どう思うかを。」

ベッラヴィスタは即答しなかった。彼は誤解されるのを恐れたのだ。そして、自分の人生観を分かってもらうためにどう言うべきかを熟考したのだった。

「私はこう思うんだ――と、とうとう言った――真の問題は当人の住んでいる場所の習慣にある。もっとはっきり言えばこうなる。たとえばイヌイットだと、女性は一人以上の夫を持てない。そこでは女性の数は少ないし、男どうしの争いを避けるために、どの男も一人の妻を――共有であっても――持てるような生活モデルが採用されている。逆にサウジアラビアでは、正反対のことが生じている。つまり、男は複数の女性を持てるのだが、だからと言って、放蕩だと非難されたりはしない。だが、私たちイタリア人は結局、こういう認識を受け入れるべきだろう。つまり、僅か一世紀のうちに平均寿命が倍加したのだから、私たちの習慣を変更して、夫婦関係により大きな自由を持てるようにしなくてはなるまい、と。」

「私にはわからないな――とカッザニーガが言葉をさしはさんだ――《夫婦関係により大きな自由》とは、どういう意味なんだい？　あんたの奥さんが、あんたが彼女よりずっと若い別の女と関係を持つことを認めねばならないということかい？」

「決まっているじゃないか？　むしろ、彼女は満足すべきなんだ。本来なら、こう言うべきかもしれない――『夫が愛人をつくったのも悪くないわ！　今晩はいつもより陽気な夫が見られるわ。夫にはどうやらこの少女との出逢いがうまくゆくはずだから……。』」

「それじゃ、もう一つ尋ねてもいいかい？　仮にあんたの奥さんが若い燕《ツバメ》を恋人にしたら？　それでもあんたは喜ぶのかい？」

「よく考えれば、オーケーさ。彼女はいくぶんか焼き餅を焼かなくなろうし、私としても、そのライヴァルに嫉妬することはあるまい。年齢からしても、教養からしても、私とは大違いなのだからね。たぶん、いつの日かそういうことが実際に起きるだろうよ。そうなると、どの男も二人の女、どの女も二人の男を——もちろんそれぞれ年齢を異にしている者を——持つことになろう。まあ、古代ギリシャの時代に遡るようなものだね。実際、ソクラテスは道徳的欲求が極めて高い人物だったのに、少なくとも六人と性関係を結んでいた。妻のクサンティッペ（ちなみに、彼は彼女を熱愛していた）、可愛らしい十八歳のミュルトなる女中、そして、四人の男子の生徒、つまり、アルキビアデス、アガトン、ファイドロス、プリストデモスとね。」

「で、あんたはどうなんだい？——とカッザニーガが忍び笑いをしながらコメントした——ジャコモとペッピーノとも関係を持つ気なのかい？」

第26章　リッキー

ジェシカの新しいボーイフレンドはリッキーと言い、メルセデスで働いている。彼はスマートを販売している。ベッラヴィスタはそのことを知るや、すぐさま彼への尾行調査を再開した。このリッキーという人物の顔を見たかったのだ。自分が夢中になっている女の理性を失わせてしまうほどのどんな特別なものをその男が持っているのか、探し出したかったのだ。実のところ、大いなる惚れ込み男たちがみんなやるように、ベッラヴィスタも苦しみたかったのだ。彼は拒絶されてつのる、普通の苦悩では満足しなかった。いや、彼は裏切り行為を自分で眺めることにより、身近にこの苦悩を体験したかった。彼が分かったところでは、ジェシカは毎金曜日の午後、補習授業の直後に運転免許の教習を受けるためにこのリッキーの許へ駆けつけるらしかった。彼はふたりが一緒のところを見たいと思ったのである。

ナポリのスマート・センターは、ほとんど郊外のヴィーア・マリーナの奥にある。トラム№1で行く必要があった。この路線はベッラヴィスタが若い時分に後期中等学校へ通っていたときと同じものだった。当時は第二次世界大戦の時代だったし、かつては――と彼は想起するのだった――クラスの友人と一緒にトラムに腰かけているだけで警笛が鳴らされたものだった。運転手がリヴィエーラ・ディ・キアイアの途中でストップをかける、すると彼も級友も一緒に、救いを求めて教会へ駆け込んだものだ。神聖な場所に避難して腰かけると、五十人ほどがみな跪き、ロザリオの祈りを唱えていた。神父も居合わせており、信者たちの告解を聞き入っていた。

「よく聞いて——と神父は金切り声で叫んでいた——今にもアメリカの爆弾がここに落ちてきてみんな殺されるかもしれません。そのとき、みなさんは突然神の御前に立たされるのです。だから、すぐ改心なさい。罪の状態で死ぬ危険を犯さないように。間に合ううちに悔い改めなさい。わが罪、わが罪、わが大罪（Mea culpa, mea culpa, mea maxima culpa）を。」

当時の体験を思い返してみて、今彼はこう自問しないではおれなかった——《今、まさにこの瞬間にトラムに乗っていて、心の中ではただジェシカと同衾したいということだけを欲求しながら、心筋梗塞で突然死するとしたら、私はどんな最期を遂げることになるのだろうか？　私は天国を失うことになるのだろうか？》と。

いや、そんなはずはなかろう、と自分に言いきかせた。自分の罪はささやかなもので、痴呆症にかかった老人の微罪に過ぎないし、しかも自分から最初にそれを認めてもいたのだ。

スマート・センターに到着して、ベッラヴィスタは見張るのに恰好な戦略的地点を求めて見回した。そして、ここが難しい場所だと気づいた。スマート・センターの前には、見られずに見張ることのできるような、バルも、ドアも、タバコ屋も、電話ボックスも、何一つとしてなかったのだ。ところで、彼は尾行していて、にせ電話を装うことには慣れていた。テレコムの電話機支柱の傍に立ち、しばらく電話帳をめくったり、電話をかける振りをしたりしながら、ジェシカの動きを観察してきたのだった。だが、今はどうしようもなかった。大判の「コッリエーレ・デッラ・セーラ」でも、見られなくするには十分でなかった。それで、彼は入ることに決めた。

しばらく、周囲を見回した。自動車については、彼は何も知らなかったのだが、このスマートの見慣れぬ形、とりわけ、そのけばけばしい色が、彼に何か陽気なものを伝えていることに気づいた。こういう車種が若者たちに向けられていることは明らかだった。それらを眺めれば眺めるほど、自分が陸《おか》にあがった魚のように思えてきた。戸惑いながら、あたりを見回した。きっと、このセンターの人びとはもう彼のことに気づいていたろうし、いったいこの老人はこんなところで何をしているのかと自問していただろう。するとはたして、数分もしないうちに、ひとりの販売係が近づいてきた。口ひげのない若者だった。だから、リッキーではあり得なかった。

「値段を知りたいんだけど――とベッラヴィスタは赤と黒のツートンカラーのスマートの前に立って、尋ねた――孫へのプレゼントにしたいのでね。」

「三種のモデル、ピュア、パルス、パッションがございます――と若者は答えた――どのモデルをお孫さんがお好きか、ご存知でしょうか?」

「実は知らないんです。でも、もっとも経済的な車種じゃないですかな。値段はどれくらいでしょうかね?」とベッラヴィスタは倹約したがっているバイヤーを装って訊いた。

「それなら、ピュアでしょう。今ご覧になっているものです。正札で千六百五十万です。ただし、

三、四、五カ年の分割払いという融資も可能です。たとえば、三十パーセントを頭金として払っていただきますと……。」

若いセールスマンが数字やら支払条件に没頭している間、ベッラヴィスタはジェシカを眺めるという恐怖と希望の中で、周囲を見回した。彼女を見たなら、彼女に何と言おうか？　スマートを買いたがっているんだと？　運転免許証もない彼が！　だがありがたいことに、彼女を見かけなかった。それで、彼は二つの仮説を立てられると考えた。つまり、彼女はこの日は来ないことに決めたか、それとも、もうすでにやって来て、リッキーと一緒に出かけてしまったのだ、と。他方、彼はヴィーア・マリーナに到着するのにトラムで三十分以上費やしたのだが、その間に、彼女はとりわけジャコモと一緒にモーターバイクで出かけたとしたら、とっくにここに着いていたに違いなかったのだ。

「とにかく――とセールスマンは結んだ――お考えになって、決まりましたら、私をお呼びください。サントーロと申します。車種の選択をお助けできれば幸いです。そのうちにパンフをご覧になりたければ、どうぞ。入手可能なあらゆるモデルと、あらゆるカラーのものが載っておりますから。」

ベッラヴィスタはパンフを受け取り、目を通すふりをし、感謝してから立ち去った。そうこうするうち、諦めていたのだ。今日の尾行は空足だった。それにしても、ジェシカはどこへ消えてしまったんだろう？

彼はセンターを出て、トラムの停留所へ歩いて行った。そこで数分待っていると、一台のスマートが通り過ぎた。中にはリッキーとジェシカが乗っていた。彼はふたりを見たが、彼らは彼を見なかった。ドライヴァーが停車し、ジェシカが降りた。道路を渡り、トラムの停留所の彼の所にやって来た。

「ちょうどあんたのことを思っていたところなの——と彼女は言った——明日の夕方、いつもの時間にサヴェーリオの家で会いましょうよ。」

第27章　セクシャル・ハラスメント

今回はジェシカが最初に入った。ベッラヴィスタはゾンビみたいに後にしたがった。この逢い引きをあまりにも強く望んでいたために、然るべき距離を置いてそれを味わおうとしたのだ。逆に、彼女はまるで自分の家にいるかのように動いた。入るなり窓を開けて換気し、サヴェーリオのカセット・レコーダーにスイッチを入れた。ナイトテーブルの上には、「五月のことだった」（*Era di maggio*）とか、「心の情け」（*Anema e core*）といった、ナポリのカンツォーネだけが置かれていた。何もないよりはましだ、とジェシカは考えた。ある場合は、僅かなバックミュージックがひどく役立つものなのだ。

ベッラヴィスタは何を言ってよいか分からなかった。ジェシカが今またどうして彼と同衾したくなったのか、と自問していた。ほんの二日前には彼を冷たく扱ったのに、今や出し抜けに、「明日会いましょう」と言ったのだ。今日日《きょうび》の若者をどうしたら理解できるのか？　二十四時間のうちにすっかり考えを変えてしまうのだ。まあ、かまわない。とにかく彼は脱ぎ始めたのだが、ズボンの最初のボタンを外そうとしたとき、ジェシカが制止した。

「何をするの？　すぐ脱ぐつもり？　ただセックスするためだけに会うなんて、少しわびしくない？」

「うん……たしかに……君の言うとおりだよ――とベッラヴィスタは認めざるを得なかった――見てよ、このアパートはひどく殺風景だから、座りたくても、どこに座っていいか分からないね。サヴェーリオに一対の肘かけ椅子か、コカコーラ用の冷蔵庫でも贈ってあげようかなあ。」

「そんなこと、気にしなくていいわ。まずベッドにお座り。あんたがしたいのなら、寝そべってもいいわ。しばらく脱がずに居てくれたら嬉しいわ。まず、話をしましょうよ。」

《何の話か?》とベッラヴィスタは自問した。彼がセックスしたくてうずうずしていることはあまりにも歴然としていた。それなのに、なぜまず話をするというのか? 彼としてはむしろ、ある日彼を拒んでおきながら、別の日に彼を誘った理由を彼女に説明してもらいたかった。

「昨日の夕方にスマート・センターの前で出会ったわね――とジェシカが始めた――いったい、あそこで私が何をしていたか分かる?」

ベッラヴィスタは答えなかった。彼もそこで何をしようとしていたのかをジェシカから訊かれたら、どう言うべきか分からなかったからだ。

「ジアーダの手助けをするためだったの――と彼女が続けた――簡単に言ってしまえばジアーダが彼女の老人、あんたにも数日前に話したことのある、メルカート広場のあの金持ちの商人に車をプレゼントしてもらうことに決めたの。で、どうなったか、分かる?」

「いや。どうなった?」

「彼女は彼をゆすったわ。『ねえ、あんた、――と彼に言ったわ――私にスマートをプレゼントしてよ。さもないと、あんたをセクシャル・ハラスメントで告発するわよ。そうしたら、あんたはすべての新聞に載るわよ。』」

「なんだって？　正気かい？　ひどい話だ！」

「そう、ひどいことは分かるわ。でも、私は彼女と同じじゃないことよ。私はそんなけしからんことは決してしないつもりよ。でも、私があんたをそうしたら、どうなるか想像してみて。『マッティーノ』紙の大見出しに、七十歳の先生が若い女性をセクハラって載るわよ。何たるスキャンダル！　あんたの奥さん、あんたの娘さん、あんたの友だち……は何ていうかしら？　あんたが狂ったと言うでしょうね。」

　ちょうどこの瞬間に、サヴェーリオのカセットレコーダーから「極悪女」（*Mala femmina*）が流れだした。だが、ジェシカはこの符合には気づかずに、話を続けた。

「でも、あんたは心配無用よ。そんなことをしでかしたりしないから。ジアーダと私では、雲泥の相違があるのだからね。彼女は生涯でつらい時期を歩んできた……密売で逮捕されたり……一年間をニシダの未成年用の刑務所で送ったり……。でも、あんただって少しは私に振る舞うべきよ。私もスマートが手に入れば嬉しいわ。もちろん、あんたがあの商人ほど金持ちじゃないことは知っているわ。でも、私の愛へのお返しにちょっとした代償ぐらいはすべきだわ。頭金は父に出させるわ。メルセデスで働いている友人で、リッキーなる者を通して、残額を六十回の分割払いで、毎回二十万の月賦払いが可能なの。それで、私とあんたがこれから十カ月ずっとここサヴェーリオの家で会うとしましょう。まあ、毎月第一金曜日にね。それで、あんたは毎回十万リラ（caravaggione）の倍額を支払ってくれても、最後に総額二百万にしかならないわ。どう思う？」

「いや、私に二百万なんかないよ」と、ベッラヴィスタが聞こえるか聞こえないかの声で答えた。

「オーケー。今は持ち合わせがないのね。でも、少しずつ分割で支払うのなら、どう？　まさか分からないことはないわよね。」

「で、もう少し値下げしてはくれないの？」

とベッラヴィスタが提案した。

「どれくらい？」

「三回の分割払いを……それぞれ二十万リラで。」

「三回じゃ少な過ぎる。五回はどう？」

「よし、五回で。でも、今は私を満足させておくれ。セックスしようよ。」

「じゃ、二十万持ってる？」

「実は持っていないんだ。」

「それじゃ、用意できたら、電話して。」

ジェシカは立ち去った。あっけにとられたベッラヴィスタをベッドの上に残したままで。彼女は少し行き過ぎたかもしれないことに気づいていた。でも、彼女に何ができるだろう？　なすべきことも知らない少女は、遅かれ早かれつけ込まれるだけなのだ。他方、ひどい老人（dino）とても、ある種のことをするのにはリラ紙幣で支払わねばならぬことを受け入れざるを得なかった。それでも、彼は幸運だった。次の五カ月間の毎月二十万リラは、実を言えば、この世の終わりではなかったのだ。

彼女がドアを背後から閉めて、最初の階段を降りたとき、彼女に中二階から〝コケコッコー〟が聞こえてきた。

「あれはオンドリじゃないわ――とジェシカは考えた――夕方六時なんだし、こんな時間にオンドリが鳴きはしないもの。」

第28章　ペッピーノ

ペッピーノはレッスンに三十分早く、ベッラヴィスタの家に現われた。

「プロフェッソー、すみません、こんなに早くやって来て。でも、ハイデッガーについて少し質問があるんです。」

「ハイデッガーについて？　考えられないな。君にはハイデッガーはひどく虫が好かなかったじゃないのかね？」

実際、ベッラヴィスタは驚かずにはおれなかった。彼がペッピーノを知ってこの方、哲学者とか哲学的テーマのことで彼がもっと知りたがったのは初めてのことだった。放課後の哲学の授業は、彼にとって正真正銘の苦痛だった。彼にそんなことをやるという考えは、彼の祖父ミケーレ・アウリエンマがベッラヴィスタの旧い級友だったことによる。事実、孫は前年、哲学の成績だけで落第しそうになったので、祖父は心配していたのである。

ベッラヴィスタが彼に言った。「君はどうやら、今日はサッカーの試合をしないらしいね。それでハイデッガーへの知識を掘り下げようと決めたんだね。しまいには、ジャコモより賢くなるかもしれないよ。」

「いいえ、プロフェッソー。正直に言うと、僕が話したいのは、ハイデッガーじゃなくって、ジェシカのことなんです。」

「ジェシカのこと？」

「ええ、あのいやな奴のことです！」

「そんな言い方はよしなさい！　ペッピーノ、君はそういう言葉を捨てるべきだ……。」

「……僕もそれはよく分かっています。」

「どんなことを？」

「事実を……先生とジェシカが……何と言ったらよいか……——とペッピーノが口ごもった——サヴェーリオの家で一緒に居て、そこであのことをやり、今では先生が彼女をもう放したくないのだということを。」

ベッラヴィスタは蒼白になった。今や彼がいつも恐れていたことが起きたのだ。ジェシカは口を閉ざしておくことができなかったのである。もちろん、彼はこの暴露に何のコメントもしなかったし、ペッピーノはこの機会を利用して、真相をぶちまけ続けたのである。

「プロフェッソー、許してもらえるなら、先生に一つ助言をしたいんですが……」と少年は続けながら、話し始めたことを後悔したかのように、すぐ中断した。

「どんな助言を？」

「プロフェッソー、僕を信じてください。あれはいやな奴です。あれについては、僕は祖父とも話したんです……。」

「君の祖父と？——とベッラヴィスタが口ごもった——そのことをミケーレに話したのかい？」

「はい。初めに祖父に話をするのがよいと考えたもので。先生が以前に祖父と親友だったことを知っているもので。すると、祖父が直接僕に先生と話すよう勧めてくれたんです。『ペッピー——と祖父は言いました——次の機会に、お前の級友たちが誰もいないときに、お前が私に語ったことをそのまま、ありていに彼に語りなさい。』」

「で、いったいどんなことを祖父に話したんだい？」とベッラヴィスタはやはり声を低めて訊いた。

「あのジェシカは誰も想像できぬくらいひどい奴です！　昨日、何て言ったか知っています？　リッキーのスマートは、ジャンルーカのフィアット〝セイチェント〟よりも快適だって。彼女はその中で、彼と汚いことをやらかしたんだって。正確にはこう言ったんです——『その中でひどく汚いことをやったのよ』と。」

「でも、君はどうしてそんなことを私に語るのかい？——とベッラヴィスタが尋ねた——君のクラスメイトに対してはもっと連帯感をもつべきじゃないのかい？」

「プロフェッソー、きっと信じてもらえないかもしれませんが、僕は先生が好きなんです。どうしてなのかは分からないんだけど、先生のレッスンにやって来るようになってから、僕は好きになったんです。誰かが先生をからかおうとするのは、僕の気に入りません。だから、あのいやな奴が僕の邪魔をしているんです。先生にこんな言い方をしてご免なさい。でも、ほかの言い方が僕には分からないんです。」

ベッラヴィスタは心を動かされて、彼を抱擁したかったのだが、教師としての立場を維持するために、その誘惑に抵抗したのだった。むしろ、すぐペッピーノを落ち着かせようと決心したのである。

「ペッピーノ、君の真心に感謝するよ。でも心配無用だ。私はほんの少し正道を逸れただけなんだ。遅かれ早かれ、通り過ぎるだろうよ。誰の人生にもよろめきはつきものなんだ。大事なことは、手遅れにならないうちに、そこから脱出する道を見つけることなのさ。」

「そうおっしゃるのを聞けて、僕も嬉しいです——とペッピーノが答えた——マラドーナでもかつて、一九九〇年のボローニャ対ナポリの試合で、ドリブルの間違いを犯したんです。でも結局、僕らの勝利に終わったんですから。」

訳者あとがき

『クレシェンツォ言行録――ベッラヴィスタ氏かく語りき――』に始まった、クレシェンツォの《プラトン的》対話篇の最終部に属するのが本書である。したがって、終始一貫して会話調になっている。《小説》(Romanzo)を謳《うた》ってはいても、その実は哲学物語の様相を呈している。クレシェンツォもウンベルト・エコ流に、自作どうしの《間テクスト性》を常に保持していることに驚かされる。とりわけ、拙訳『クレシェンツォ自伝――ベッラヴィスタ氏の華麗な生涯――』(文芸社文庫)は本書と深い繋がりを有していて興味深い。また『ベッラヴィスタ氏　ユーモア名語録』(近代文藝社)〔231〕(116頁)にも本書理解の鍵が隠されている(本書の帯の文言参照)。

　本書中にも記されているように、一見、《認知症》を患ったのか、と思われるような《よろめき》(La distrazione)に驚かされようが、これも、ソクラテス時代の古代ギリシャの習慣と結びつけられることにより、哲学的伏線になっていることが判明する。心憎いばかりの想像力が発揮されている。本書からは老若男女を問わず、哲学へと知らず知らずに誘われることとなろう。停年後の生活法のヒントも読み取れよう。

　原文ではナポリ方言が頻出しており、巻末に「小語彙集」まで載っているのだが、本訳書では、それをできるだけ（　）内に挿入して、その一端を垣間見れるようにしておいた。かえって邪魔に思われる向きには、ご容赦を乞いたい。

Bruno Genzler の独訳（二〇〇三年）が大いに参考になった。拙訳でも、彼に倣って、かなり原文を超越したり、省略したりした場合があることを付記しておく。

本書は二〇〇九年六月にすでに校正が終わっていた。今回やっと難産が無事に日の目を見たことになる。

おそらく、他社ではこのような企画はまず不可能であろう。今日の日本には、それだけの文化の機が熟しているとはとても思えないからだ。（ヨーロッパでもドイツ語訳とスペイン語訳しか出ていない。）あとは少しでも書房が報われんことを祈るのみである。「一隅を照らす　これ即ち国宝なり」（最澄）。

二〇一八年四月一五日

谷口　伊兵衛

（付記）クレシェンツォは〝市井哲学者〟と吹聴されているが、ユーモリストの一面をも持っている（これは彼が軽く見られる一因でもある）。ユーモアは「自分と他者を同じ高さに置き、しかも相手に思いやりをかけて笑う」（『日本大百科全書』）ことだとすれば、「失敗にはユーモアが生まれるチャンスがある」（海原純子『幸福力』）ことになる。クレシェンツォの本書はまさしくこれを実証するものなのだ。われわれは「ものが、たりをすることで『過去』も『未来』も感じることができる」（出口光）と言われるが、この〝中今（なかいま）〟を創り出すことのできる名人がクレシェンツォなのだ。

随感余録　デ・クレシェンツォとU・エコ

ルチャーノ・デ・クレシェンツォなる人物とは？　この上なく好感の持てる人物であり、平易な読み物作家であり、根っからのナポリ気質の啓蒙家、《愛の人》と呼べる人物であるが、郷里ではみんなから《技師《インジェニェーレ》》と呼ばれているし、まさしく技師として、彼はギリシャ神話と哲学物語を皆が読めるように首尾一貫して合成することに成功している。

彼は《愛の故郷》（ナポリ）で西洋古典を習得したのだが、ウンベルト・エコも私同様に《自由の郷里》、つまり北イタリア（アレッサンドリア）でそれをなしたのだ。両者の相違は？　たいして隔たりはない、と言いたい。片方は直情型だが、他方は控えめで寡黙なタイプである。確かなことは、両人とも《懐疑》を押し出しているのだが、エコはというと、クレシェンツォよりあからさまに表面化している点である。

クレシェンツォは、年長ながらエコより長生きしているし、今後とも願わくばずっと書き続けてもらいたいものだ——読みやすくて考えるのを助ける産婆術的な哲学書を。

クレシェンツォは、親族すらをも一目では判別できないという相貌失認を患っているのだが、私にはこれは万物流転（パンタ・レイ）の必然的な帰結そのもののように思われる。つまり、われわれは全てを最初からやり直し、絶えず更新し続ける必要があるのだ！

いずれ今年中には彼に再会できればと願っているし、その時には多年にわたり塩漬けされてきたわれわれの共訳書、つまり、「一ギリシャ女性へのトロイア男の愛」（またはその逆も言える）の歌「ヘレネよ、ヘレネ！　愛しのきみよ！」（『現代版ホメロス物語』而立書房）を直接手渡したいと思っている。

二〇一八年四月十五日

ジョバンニ・ピアッツァ

（追記）クレシェンツォは九十歳を超えた今も健在であり、今年一月にもイタリアのＴＶに出演し、彼の本の希訳がギリシャの学校で採用されていることとか、日本語版『ベッラヴィスタ氏　ユーモア名語録』（共訳、近代文藝社、二〇一二年）まで出ていることを嬉しそうに、本を片手にしながら紹介していた。《相貌失認》の話は、同書103（57頁）にも出てくる。）

また、「万物流転」については彼の著書『森羅万象が流転する《バンタレイ》――ヘラクレイトス言語録――』（共訳、近代文藝社、二〇一一年）をも参照されたい。

［著者略歴］

ルチャーノ・デ・クレシェンツォ（Luciano De Crescenzo）

1928年ナポリ生まれ。ナポリ大学卒業後20年間IBMイタリア支社に勤務。1977年TVに出演後、処女作『クレシェンツォ言行録――ベッラヴィスタ氏かく語りき』が爆発的なベストセラーとなったのを機に転身。その後、数多くの書物を出版し、世界25ヶ国で計1800万部以上刊行。テレビ司会者、映画監督、脚本家、俳優としてマルチな活躍をしてきた。

主な邦訳書に『物語ギリシャ哲学史Ⅰ、Ⅱ』『楽しいギリシャ神話ものがたり』『疑うということ』『クレシェンツォのナポリ案内』『ベッラヴィスタ氏分身術』『クレシェンツォ自伝』『ベッラヴィスタ氏 ユーモア名語録』『現代版ホメロス物語』ほか。

［訳者略歴］

谷口伊兵衛（たにぐち・いへえ）

1936年福井県生まれ。東京大学大学院西洋古典学専攻修士課程修了。京都大学大学院伊語伊文学専攻博士課程単位取得退学。翻訳家。元立正大学教授。主な著書に『クローチェ美学から比較記号論まで』、『都市論の現在』（共著）、『ルネサンスの教育思想（上）』（共著）、『エズラ・パウンド研究』（共著）、『中世ペルシャ説話集――センデバル――』ほか。訳書多数。

放課後《ほうかご》の哲学談義《てつがくだんぎ》　ベッラヴィスタ氏《し》かく愛《あい》せり

2018年7月30日　第1刷発行

著　者　ルチャーノ・デ・クレシェンツォ

訳　者　谷口伊兵衛

発行所　有限会社 而立書房

東京都千代田区神田猿楽町2丁目4番2号

電話 03（3291）5589 ／ FAX 03（3292）8782

URL http://jiritsushobo.co.jp

印　刷　株式会社 スキルプリネット

製　本　株式会社 ブロケード

ISBN 978-4-88059-407-1　C0097

〔ルチャーノ・デ・クレシェンツォの本〕

ルチャーノ・デ・クレシェンツォ／谷口伊兵衛、G・ピアッザ 訳
2018.2.25 刊
A５判並製
現代版 ホメロス物語　ヘレネよ、ヘレネ！ 愛しのきみよ！
264 頁
定価 2400 円
ISBN978-4-88059-404-0 C0097

古典ギリシャの情熱的普及者でアテネ市名誉市民のルチャーノ・デ・クレシェンツォが、トロイア戦役をホメロスになり代わり、16 歳の若者レオンテスを介して語りつくす。五カ国語に翻訳された畢生の力作。ギリシャ神話入門としても最適。

ルチャーノ・デ・クレシェンツォ／谷口伊兵衛 訳
2008.2.5 刊
四六判上製
クレシェンツォ言行録　ベッラヴィスタ氏かく語りき
280 頁
定価 2500 円
ISBN978-4-88059-341-8 C0010

クレシェンツォの処女作。ニーチェの『ツァラトゥストラ』に擬して著した、現代に向けての言行録。想像を絶する交通渋滞、ロトに熱中する市民、どうしようもない失業率と貧困問題……それでもナポリ市民は〈楽園〉の中で陽気に暮らしている。

ルチャーノ・デ・クレシェンツォ／谷口勇、G・ピアッザ 訳
1995.4.25 刊
四六判上製
疑うということ
128 頁
定価 1500 円
ISBN978-4-88059-202-2 C0010

侯爵夫人の 65 歳の晩餐会の席に、邸の前でエンストを起こした技師も招待されることになった。その夜、技師は、あったかもしれない過去とその結果招来するであろう未来をテレビに映して見せる。“偶然と必然”をテーマに読者を哲学の世界に誘う。

ルチャーノ・デ・クレシェンツォ／谷口伊兵衛、G・ピアッザ 訳
2003.9.25 刊
B５判上製
クレシェンツォのナポリ案内　ベッラヴィスタ氏見聞録
144 頁
定価 2500 円
ISBN978-4-88059-297-8 C0025

ベッラヴィスタ氏を名のる市井哲学者クレシェンツォが撮影した、南イタリアはナポリの下町風景に、エスプリのきいた文章をつけて、自己の生い立ちの背景と、都市国家的性格をもつイタリアの断面を照射する。図版多数。

ルチャーノ・デ・クレシェンツォ／谷口伊兵衛 訳
2012.9.25 刊
四六判上製
ベッラヴィスタ氏分身術《ダブル》
160 頁
定価 1500 円
ISBN978-4-88059-375-2 C0097

書斎の書架の後ろに偶然見つけたドアを開くと、時間の経過しない部屋があった。そこに居ると、平行の世界から自己と等身の分身（ダブル）が現れる。ドストエフスキーやシャミッソーなど、分身文学の衣鉢を継ぐユーモア小説。

ルチャーノ・デ・クレシェンツォ／谷口勇 訳
1986.11.25 刊
四六判上製
物語ギリシャ哲学史 I　ソクラテス以前の哲学者たち
296 頁
定価 1800 円
ISBN978-4-88059-098-1 C1010

古代ギリシャの哲学者たちが考え出した自然と人間についての哲理を、哲学者たちの日常生活の中で語り明かす。IBM のマネジャーから映画監督に転身した著者は、哲学がいかに日常生活に関わっているかを伝えてくれる。